Michael Drury

Es zählt allein dein Glück

Michael Drury

Es zählt allein dein Glück

Aus dem Amerikanischen von
Ingeborg Dorsch

Dieses Buch wurde auf chlor- und säurefreiem Papier gedruckt.

Deutsche Erstausgabe Oktober 1996
Copyright © 1996 für die deutschsprachige Ausgabe
Droemersche Verlagsanstalt Th. Knaur Nachf., München
Das Werk einschließlich aller seiner Teile ist urheberrechtlich
geschützt. Jede Verwertung außerhalb der engen Grenzen des
Urheberrechtsgesetzes ist ohne Zustimmung des Verlages
unzulässig und strafbar. Das gilt insbesondere für Vervielfältigungen,
Übersetzungen, Mikroverfilmungen und die Einspeicherung und
Verarbeitung in elektronischen Systemen.
Titel der Originalausgabe: »Advice to a Young Wife
from an Old Mistress«
Copyright © 1965, 1968, 1993 by Michael Drury
Originalverlag: Random House, New York
Einbandgestaltung: Marion Ernst und Siegfried Schiller, München
Satz: Ventura Publisher im Verlag
Druck und Bindung: Franz Spiegel Buch GmbH, Ulm
Printed in Germany
ISBN 3-426-60438-8

5 4 3 2 1

Für Margaret Cousins,
eine außergewöhnliche Lektorin, Lehrerin,
Freundin

Worauf es ankommt

*W*enn man in Spanien den Telefonhörer abnimmt, meldet man sich nicht mit »Hallo«, sondern sagt, wenn man sehr korrekt sein will: »Mit wem spreche ich?« Das hört sich im Englischen vielleicht etwas hart an, aber durch den sanften Klang der iberischen Sprache schwingt darin so etwas wie Musik und die Höflichkeit der Alten Welt mit. Genauso denke ich an dich, wer auch immer du bist. Ich mache mir Gedanken über dich, und ich grüße dich. Mit wem spreche ich? Bist du mein eigenes früheres, jüngeres Ich, und hätte ich damals zugehört oder verstanden? Eine junge Ehefrau – ich habe es nicht vergessen – befindet sich in einer äußerst empfindlichen seelischen Verfassung, einem Zustand der Aufmerksamkeit, in dem sie möglicherweise sogar in der Lage ist, viel genauer zu hören als jemals sonst in ihrem Leben, ausgenommen vielleicht kurz nach der Geburt eines Kindes.

Ich erinnere mich noch gut, denn trotz meiner vierundsiebzig Jahre bin ich dir wahrscheinlich ähnlicher, als du annimmst. Eine Geliebte und eine frisch verheiratete Ehefrau kennen beide das gleiche Geheimnis: daß die Liebe eine Art herrlicher Schmerz ist, von Glück und von Tränen gleich weit entfernt. In zwanzig Jahren wird sich dieses Band zwischen uns aufgelöst haben, wenn ich jetzt nicht spreche. Natürlich wird es mich dann schon nicht mehr geben, aber ich meine eine andere Art von Auflösung, ein Zunichtewerden dessen, was jetzt dein Leben bis zum Rand mit Hoffnung erfüllt: das tägliche Patt, das so alltäglich ist, daß es niemand mehr richtig ernst nimmt, außer eben junge Ehefrauen und Geliebte.

Wahrscheinlich ähnele ich mehr dir als deiner Mutter, die vor langer Zeit einmal beschlossen hat, wie die Liebe auszusehen hat, ohne zu bedenken, daß dabei die verschiedenen Möglichkeiten, die sich jeden Tag bieten, auch jetzt eine Rolle spielen. So ganz im Unrecht ist sie damit aber auch nicht. Eine Tag für Tag gelebte Liebe entwickelt eine gewisse Eigendynamik, aber das ist eben nicht alles. Wenn eine Geliebte mehr von den romantischen und eine Ehefrau mehr von den praktischen Dingen des Lebens versteht, deutet das denn nicht auf etwas Ganzes hin, das es wert wäre, erforscht zu werden?

Es liegt mir fern, Ehefrauen mehr, als sowieso schon in der Natur der Sache liegt, gegen Geliebte aufzubringen oder beweisen zu wollen, daß eine der beiden besser als die andere sei. Vielmehr möchte ich hervorheben, daß sie als Frauen viel miteinander gemein haben – und das Frausein steht für uns alle an erster Stelle. Das zu begreifen ist die Grundlage, um richtig zu leben und zu lieben. Wenn sie klug sind, können Ehefrauen und Geliebte im Lauf der Zeit voneinander lernen, wie von niemandem sonst. Im Lauf der Zeit: Ich spreche hier von einer langen Reihe von Jahren – Jahre, in denen ich sowohl gelebt habe als auch ein bißchen gestorben bin. Jahre der Demut und des Jubels; des mühsamen Ergründens meiner selbst und dem daraus resultierenden, besseren Verständnis für andere Menschen. Dies ist einer der Vorteile, die eine Geliebte, rein als menschliches Wesen betrachtet, einer Ehefrau gegenüber hat: Sie ist, so wie die Dinge liegen, den widrigen Strömungen stärker ausgesetzt. Sie muß sie meistern oder zugrunde gehen, muß heranwachsen bis zur Vervollkommnung all der Kräfte, die ihr in die Wiege gelegt wurden, und sie beherrschen, aufrecht wie ein Mann auf seinem Surfbrett, oder ertrinken. Es bleibt ihr nichts anderes übrig, als ein Realist zu sein; das heißt, sich selbst zu erkennen. Dies ist eine der größten Segnungen, die das Leben zu gewähren vermag. Aber das weiß man am Anfang noch nicht, und es ist auch nicht der Grund dafür, daß ich eine Geliebte wurde. Ich könnte dies, wenn ich wollte, beinahe auch umgekehrt schreiben. Geliebte müssen, wie jede andere auch, durch Beobachtung und Fehler lernen, und oft sind es die Ehefrauen, die sich als die fähigsten Lehrmeister erweisen, sowohl durch das, was sie tun, als auch durch das, was sie unterlassen – oder übersehen. Ich weiß, wovon ich spreche, denn auch ich war einmal eine Ehefrau, war verliebt und meinte es ernst – und war plötzlich mit der Tatsache konfrontiert, daß es im Leben meines Mannes noch eine andere Frau gab. Ich war schon seit längerem verheiratet und Mutter eines Sohnes. Es folgte, wie mir zuerst schien, eine Scheidung gegen meinen Willen, obwohl die Ehe nur noch Fassade war, und ich erkannte sehr bald, daß ihre Beendigung die ehrlichere Lösung war und war es zufrieden.

Ich hatte mir von ganzem Herzen eine große und dauerhafte Liebe gewünscht, aber damit war es nun vorbei. Ich konnte nicht wieder bei Zwanzig anfangen, und dem Stadium der Blauäugigkeit war ich auch entwachsen. Aber der Geist verfügt über eine Weisheit, die tiefer liegt und so transparent ist, daß man ihrer vielleicht erst gewahr wird, wenn ein

Lichtstrahl oder ein Sturm sie uns offenbart. Sei vorsichtig mit deinen Wünschen; sie haben die Angewohnheit, gerade dann und dort in Erfüllung zu gehen, wo du am wenigsten damit rechnest. Du mußt stark genug sein, damit leben zu können, wenn es geschieht.

Zwei Jahre später lernte ich einen Mann kennen, der einerseits die fleischgewordene Verkörperung meiner Vorstellung war und andererseits in seinem Selbstvertrauen nahezu unnahbar wirkte. Der Zufall, der uns zusammenführte, war unsere Arbeit; sie war nicht die gleiche, hatte aber gemeinsame Berührungspunkte. Ich wartete auf ihn in einem Büro – seinem –, in dem fünf berühmte Gemälde hingen, die auch einem Museum zur Ehre gereicht hätten. Ich hatte schon viele Drucke davon gesehen, aber noch nie die Originale, und ich war gerade in eines davon vertieft, als er hereinkam. Die ersten Worte, die ich an ihn richtete, waren: »Wie halten Sie das aus?«, und er erwiderte: »Wie sollte ich es ohne sie aushalten?«

Von diesem Augenblick an verband uns eine Freundschaft, die zwar reich an Zwischentönen, aber frei von Komplikationen oder Gezwungenheit war. Er war für mich der augenfällige Beweis für das Potential, das in einem Menschen steckt, und ein bißchen auch ein Vorbild, aber, wie es eine ausländische Freundin von mir mit Nachdruck formulierte, »sonst nichts«. Ich wußte, daß er verheiratet war und aus Gründen, die zu enthüllen mir nicht zusteht, diese Ehe niemals von sich aus auflösen würde. Er erzählte mir das in einem Zusammenhang, der so absolut nichts mit mir zu tun hatte, daß ich, als er zum ersten Mal die Möglichkeit einer engeren Beziehung zwischen uns andeutete, völlig überrascht war. Es vergingen zwar noch ein paar Wochen, bevor die Angelegenheit geregelt war, aber mir war schon am selben Tag klar, daß es so kommen würde, fast als stünde es geschrieben, wie die Araber sagen. Fast, aber nicht ganz, denn ich glaube nicht, daß die Menschen so ohnmächtig sind. Wir jedenfalls waren es nicht. Wir hatten die Wahl, und wir trafen sie.

Meine stärkste Empfindung war die des Wiedererkennens, so als hätte ich diesen Mann vor langer Zeit schon einmal gekannt. Irgendwo bei Montaigne steht: »Wir waren schon lange auf der Suche nacheinander, bevor wir uns trafen … Wir stellten fest, daß wir so voneinander angetan, uns so vertraut und so lieb waren, daß uns von da an nichts mehr so nahe war wie wir uns … Nachdem es so spät begonnen hatte, war keine Zeit mehr zu verlieren.«

Man könnte behaupten, daß das, was ich tat, selbstsüchtig war, und das wird wohl auch zutreffen, jedoch nicht in dem Sinne, in dem das Wort im allgemeinen aufgefaßt wird. Es entsteht sehr wenig, was von Bedeutung ist, solange das eigene Interesse nicht geweckt ist – weder Reichtum noch Macht, Kunst, Glaube oder Regierungsform; was die Menschen und die Nationen wollen, das ist es, was die Welt regiert. Recht und Unrecht sind absolute Größen, und menschliche Wesen sind nur selten in der glücklichen Lage, die absolute Wahl zwischen ihnen zu haben. Wenn man die Kräfte in Betracht zieht, die allein schon durch unsere Begegnung freigesetzt wurden – und dafür konnten wir nun wirklich nichts –, war es da nun tapfer oder nicht, uns ihnen und den damit verbundenen Begleitumständen wie Anstand, Zurückhaltung und den Wunden, die einem die Mißbilligung, unsere eigene und die der anderen, zufügt, auszusetzen? War es edel oder nicht, gegen die Regeln zu verstoßen oder ein Geschenk von »unschätzbarem Wert« auszuschlagen? Eine absolut richtige Antwort darauf kann es nicht geben; und diese Wahrheit ist es, mit der man so schwer zurechtkommt, weil unsere schulbuchmäßigen, ererbten Erwartungen derart tief in uns verwurzelt sind. Ich habe jedenfalls gelernt, daß die Menschen ihre Entscheidungen so klug, wie sie eben können, treffen und daraus dann entweder das Richtige oder das Falsche machen.

Was ich empfand, läßt sich durch vier von mir besonders deutlich empfundene Gefühlsregungen charakterisieren – es gab natürlich auch noch andere, aber von denen möchte ich jetzt nicht sprechen. Zum ersten Mal in meinem Leben nahm ich mein Schicksal in die eigenen Hände. Was auch immer geschah, es gab nichts, wohin ich mich hätte flüchten können; Gutes wie Schlechtes würde ich allein tragen müssen. Solange man aber nicht sein angeborenes Recht, auf den eigenen, unersetzlichen Beinen zu stehen, in Anspruch nimmt, so lange fehlt einem auch die vollständige Reife, egal, wie gut man in anderer Hinsicht zurechtkommt.

Zweitens war ich dem ganzen Universum wohlgesonnen. Ich fühlte mich eingeklinkt in eine große Kette menschlicher Wesen, bekannter und unbekannter, aus früherer Zeit oder aus der Gegenwart. Ich entwickelte ein seltsam allumfassendes Gefühl für die Vergangenheit, so als ob ich sie und mich selbst aus der rechten Perspektive sehen würde, was weder von welterschütternder Bedeutung noch von kosmischer Bedeutungslosigkeit war.

Drittens empfand ich ein Gefühl der Stärke während dieser

Entwicklung. Ich bekam, ganz ohne Mühe, einige Eigenschaften von mir, wie meine besitzergreifende Art und einen gewissen Anflug von Heftigkeit, in den Griff; andere kamen hinzu oder wurden verstärkt: Gelassenheit, Humor und eine gesunde Portion Schicksalsgläubigkeit. Es kam mir fast vor, als ob ich in die Schule ginge und einen Kurs besuchte, für den ich mich zwar schon vor langer Zeit eingeschrieben, aber nie herausgefunden hatte, wo er stattfand. Und all dieses war durchdrungen von dem Erstaunen darüber, daß ich nicht vor Scham im Boden versank. Ganz im Gegenteil: Ich fühlte mich dreidimensional, ganz lebendig. Ich war mir der Unrechtmäßigkeit meiner Situation durchaus bewußt und verteidigte sie auch nicht. Man entschuldigt sich nicht dafür, daß man sich selbst entdeckt.

Ich werde ihn Matthew nennen, denn um überhaupt ungezwungen oder offen von ihm sprechen zu können, muß er einen Namen haben.

Eine bestimmte Person mit dem Wort *Liebhaber* zu bezeichnen, empfand ich schon immer als geschmacklos. Es ist sowohl zu poetisch als auch zu anschaulich, und beides finde ich abstoßend. Ich bin wahrscheinlich in mancher Hinsicht etwas altmodisch. Ihn nur als meinen Freund zu bezeichnen, obwohl er das war, würde die Außergewöhnlichkeit dieser

Beziehung dadurch, daß so viele andere Aspekte ausgeklammert würden, allzusehr schmälern.

Es mag etwas seltsam anmuten, daß eine der Lektionen, die uns eine verbotene Liebe lehrt, der taktvolle Gebrauch von Worten ist, aber es ist so, und die damit verbundene Genauigkeit wiederum bereichert die Beziehung und erklärt in gewisser Weise auch, warum sie nötig ist. Der Wunsch, kein Niemand zu sein, ist eines der stärksten Bedürfnisse, die ein Mensch empfinden kann. Menschen in Gefängnissen haben schon revoltiert, nur um Name und nicht Nummer zu sein. Einen anderen mit seinem Namen anzureden, heißt seine Identität zu bestätigen, sie anzuerkennen. Worte sind nicht leblose Formen und Namen schon gleich gar nicht; sie erschaffen zum Teil erst das, was sie bezeichnen. Wort und Idee, Name und Identität ziehen sich gegenseitig an. Worte sind lebendig; sie bewegen sich, sie verwandeln sich und legen Zeugnis ab von der inneren Verfassung dessen, der spricht. Eine Frau kann mit dem Wort *Liebling* derart achtlos herumwerfen, daß dessen Bedeutung zuerst nur herabgemindert, dann angezweifelt wird und zu guter Letzt nicht mehr vorhanden ist. Ein Mann hat etwas Besseres verdient, als *Liebling* genannt zu werden, davon gibt es mehrere in der Nachbarschaft, und einen Mann direkt und ausschließlich mit *Papi* anzureden, ist eine Frechheit. Er ist nicht der Papi seiner Frau, und wenn sie ihn so nennt, kommt es einem Bekenntnis gleich, daß sie jeden Bezug zu ihm als Person verloren hat; er ist trotzdem ein Jemand, entweder Peter oder Tom oder Bill. Eine Geliebte lernt die Kraft und Bedeutung eines Namens kennen, nicht aber die eines Spitznamens. Matthew entspricht der Art seines wirklichen Namens, und beide passen zum Wesen dieses Mannes; aufrichtig, männlich, würdevoll, ohne Spießertum, ein kühler und sachlicher Name. Er konnte auch lachen, aber im Grunde nahm er das Leben ernst; es anders zu sehen, hätte er für billig gehalten. Ich habe von mir behauptet, ich sei altmodisch, und meine spätviktorianische Erziehung empfindet Genugtuung bei dem Gedanken, daß es so ist. Außerdem, ich gebe es zu, amüsiert sich mein erst später, im zwanzigsten Jahrhundert erworbener Sinn für die verschlungenen Pfade der Gerechtigkeit darüber. Ich finde es irgendwie komisch, daß ich, die fast dreißig Jahre lang die Geliebte eines berühmten Mannes und Anlaß für einen nicht gerade kleinen Skandal war, jetzt ausgerechnet diejenige bin, die sich entrüstet, Moral predigt und für den Erhalt der überlieferten Ordnung eintritt. Es ist komisch und dennoch traurig, denn was mich so empört, ist, daß der Liebe von den jungen und absolut rechtmäßigen

Ehefrauen alles Menschliche genommen wird, indem sie diese gewaltige Kraft niederknüppeln, ihr Fesseln anlegen und sie zu einer technischen Fertigkeit, gleich dem Autofahren oder der Fähigkeit, mit einem gepflegten Äußeren zu glänzen, herabwürdigen. Ich bin entsetzt darüber, daß sie sich wie Verbraucher verhalten, daß sie sich nur um den reibungslosen Ablauf des Betriebs »Ehe« bemühen, daß sie als Frauen nichts taugen – sie sind geschlechtslos, vom Konkurrenzdenken geprägt und voller Angst. Können sie denn im Ernst dieses Schema mit dem Geist verwechseln, der ihren eigenen Puls mit dem großartigen Herzschlag des Universums vereint? Glauben sie denn tatsächlich, daß irgendwelche Experten, die über keine andere Informationsquelle verfügen als das, was ihnen von anderen erzählt wird – da eine empfundene Erfahrung ja nur mit dem Inneren wahrgenommen werden kann –, in der Lage sind, ihnen mehr über ihre Gefühle sagen zu können als diese Gefühle selbst?

Was ist nur aus der Freude und dem Kummer geworden? Ich, die einige Herzen gebrochen hat, mein eigenes mitunter auch, bin entsetzt über die jungen Frauen mit den kalten Augen, die mit wissenschaftlich fundierter Überzeugung behaupten, daß ein Herz unmöglich brechen kann. Es ist ge-

nauso ein Organ wie die Leber, was nachweisbar, unanfecht-
bar und wiederum irreführend ist. Ich, die ich der Welt ge-
trotzt und schließlich meinen Frieden mit ihr gemacht habe,
habe sie bestimmt nie zu mir ins Schlafzimmer gebeten. Haben denn die Frauen überhaupt kein Gespür mehr, kein Geheimnis, kein Feuer? Muß sich denn alles nach Gebrauchs-
anweisungen und Handbüchern richten, so als ob die Liebe
eine Art Kochkurs wäre?

So altmodisch bin ich aber auch wieder nicht, daß ich das zur
Zeit gängige Verfahren nicht kennen würde: Wenn es an der
großen körperlichen Anziehungskraft mangelt, muß dem
Mechanismus wieder auf die Sprünge geholfen werden, und
dazu bedient sich das kluge Paar professioneller Hilfe. Dabei
ist diese Vorstellung an sich schon unsinnig und schlichtweg
falsch. Je bewußter sie sich werden, wie es sein »sollte«, desto weiter entfernen sie sich von der Spontaneität, dem Geschick, dem Überraschenden und dem Vergnügen, nach
dem sie sich sehnen, und das Ganze verschlimmert sich nur.
Wer hat schon jemals gehört, daß Liebende darüber, wie sie
sich verhalten sollen, nachlesen? Kannst du dir vorstellen,
daß Romeo und Julia einen elisabethanischen Forschungs-
bericht zu Rate gezogen hätten, um herauszufinden, ob sie
sich der Norm entsprechend verhielten?

Falls es überhaupt möglich sein sollte, eine Ehe durch eine derartige Flickschusterei zu retten, so ist mir jedenfalls keine bekannt, bei der dies der Fall gewesen wäre. Dadurch, daß man den Anschein erweckt, daß etwas funktioniert, läßt sich das unvermeidliche Scheitern vielleicht etwas hinauszögern, aber man kann eine wirkliche Beziehung eben nicht aus dem Hut zaubern, auch nicht mit dem allerbesten Willen. Versuchen würden das auch nur verheiratete Paare: Liebende würden sich einfach trennen. Das ist noch etwas, was einer Geliebten zugute kommt: Sie ist zwar auch nur ein Mensch und macht sich manchmal etwas vor, aber nicht lange. Sie wird weder durch die Gesellschaft noch durch die Umstände dazu ermutigt, eine Liebesbeziehung vorzutäuschen, die es nicht gibt. Daher fühlt sie sich in der Umgebung von Ehrlichkeit und Vernunft am wohlsten. Sie besitzt oder eignet sich sehr bald eine Offenheit an, die man als genauso verlockend empfindet wie die kühle Luft der Berge, hat man die muffigen Gemäuer der Einbildungen und Ängste erst einmal hinter sich gelassen.

Martin Buber, der israelische Philosoph, der sich sehr viel mit den verschiedenen Arten zwischenmenschlicher Beziehungen beschäftigte, hatte für die Auffassungen von Erotik, deren Maßstab das bloße Vergnügen war, egal wie beidseitig oder großartig, überhaupt nichts übrig. Er war fest davon überzeugt, daß der wichtigste Bestandteil das gesamte Selbst war, und formulierte es so: »Derjenige, der der Ehe aus einer anderen Quelle neues Leben einflößen will, unterscheidet sich kaum von dem, der sie abschaffen möchte. Bei beiden ist deutlich zu erkennen, daß sie sich nicht mehr darüber im klaren sind, was eigentlich das lebenswichtige Grundprinzip ist.« Er hat dies 1923 geschrieben. Als ich viele Jahre später darauf stieß, hatte ich das Gefühl, er hätte es für mich geschrieben, was natürlich auch zutraf. Er hatte es für jeden geschrieben, der von seinem eigenen lebenswichtigen Grundprinzip so viel in die Tat umsetzt, daß er begreifen kann, was er meinte – und dies hatte ich inzwischen getan.

Ich möchte es so ausdrücken: Das, worauf es wirklich ankommt, ist nicht das Verheiratetsein, sondern das Aufeinanderbezogensein. Die Ehe ist ein unabdingbares Gut für das Gemeinwohl, aber sie allein macht noch keine echte Beziehung aus, und zu vergessen, daß sie nur von zweitrangiger Bedeutung ist, birgt für uns eine große Gefahr. Eine Geliebte kümmert sich nicht um Theorien und Normen, darum, »wie Männer sind« oder »was eine Frau braucht«, irgendeine Frau, die Frau als solche. Sie ist unmittelbar und ganz und gar mit einem Mann, so neu für sie wie Adam, und ihren eigenen Erfahrungen beschäftigt, und das kann man spüren, so wie ein Magnetfeld. Wenn ihr Naturell dem anderer Frauen gleicht, so spricht das weder dafür noch dagegen. Ob das, was sich zwischen ihr und dem Mann abspielt, etwas noch nie Dagewesenes oder etwas völlig Abgedroschenes ist, keines von beiden rechtfertigt oder verurteilt die Romanze.

Da eine Geliebte sowieso schon außerhalb der Gesellschaft steht, ist sie deren Zwängen wie Ursache und Wirkung, Zuordnung und Vorhersehbarkeit weniger ausgesetzt. Wenn ein Mann von ihr angetan ist, dann ist er es allen Erklärungen zum Trotz. Ärgert er sich über sie, so hat er dafür seine eigenen Gründe, gerechte oder ungerechte, und nicht die, daß Männer im Unterbewußtsein keine Frauen mögen oder von unserer industrialisierten Gesellschaft frustriert sind. Wenn er mit ihr zusammen ist, ist er kaum anders als alleine, eine Einzelperson, ein Herrscher, so wie der Mensch gedacht war, nicht so sehr über die Frau oder gar sich selbst als über das Schicksal, die Geschehnisse. Der Mensch ist per definitionem das Wesen, das sich nicht anpaßt, der, der sich die Erde untertan macht, und er fühlt sich in dieser Rolle wohl. Die Menschen des Altertums, die die ersten waren, die dies niederschrieben, bezogen dieses Wissen nicht aus Gutachten und Statistiken; sie horchten in ihre eigenen Herzen hinein.

Im allgemeinen und vor allem bei Ehefrauen herrscht die Meinung, daß ein Ehemann auf Abwegen nur ein dringendes aber vorübergehendes Bedürfnis nach anderer Gesellschaft befriedigt, das aber würde die Angelegenheit in einem etwas falschen Licht erscheinen lassen. Die Liebe verstärkt bei jedem das Gefühl, einzigartig, ein Jemand zu sein, und eine der Stärken einer Geliebten ist ihre etwas paradox anmutende Gabe, dem angeborenen Hang zur Einsamkeit Raum zu schaffen. Dafür gibt ein Mann ein Königreich auf und fährt aufs offene Meer hinaus. Sich an Tabellen oder den Leistungen anderer messen zu lassen, wie bei einer polizeilichen Gegenüberstellung, oder als wäre er ein Bazillus unter dem Mikroskop, geht ihm wider die Natur. Trotz all ihrer Phrasendrescherei wußten die Viktorianer eines, was die modernen Menschen nicht wissen: daß nämlich das Leben von einer Person zu einer gegebenen Zeit, unter bestimmten Umständen gelebt wird und daß es nur da wirkliche Bedeutung erlangt, wo es diese Unverwechselbarkeit auf den Menschen überträgt.

Wie kommt es, daß wir unseren gesunden Menschenverstand gar so schnell der »Wissenschaft« opfern? Der Vorrat an Energie eines jeden von uns ist immerhin nicht unerschöpflich. Wenn man sich allzu leidenschaftlich in Erklärungen ergeht, bleibt nicht mehr viel übrig für die Liebe – und damit meine ich nicht nur das Sexualleben. Manche Ehefrauen wären überrascht, wenn sie wüßten, wieviel Zeit eine Geliebte damit verbringt, zuzuhören, Lieblingsspeisen zu kochen, ein Geschenk oder Kleider für sich selbst auszusuchen, um damit zu gefallen, ihr Wissen auf so verschiedenen Gebieten wie der mittelalterlichen Kunst oder der Fliegenfischerei zu erweitern, neue Lokale zum Ausgehen ausfindig zu machen, kurz, sich zu *kümmern*.

Verheiratet zu sein ist zweifelsohne bequemer als eine Liebesaffäre zu haben, und genau das sollte einer klugen Ehefrau als Warnung dienen, sie nicht zur bloßen Zweckdienlichkeit, wie einer Fahrgemeinschaft oder der Mitgliedschaft in einem angesehenen Club, verkommen zu lassen. Eine Geliebte zu sein ist im großen und ganzen ziemlich unbequem; es ist schlecht für das gesellschaftliche Leben, schlecht für so instinktive Belange wie Kinder, ein Heim, Sicherheit, Alter, und doch macht dieses Unbequemsein einen Teil des Reizes aus. Es ist unser zweitausend Jahre altes Erbe, dem wir es verdanken, mehr sein zu wollen als nur ein funktionstüchtiger Bestandteil des Allgemeinwohls.

Der einsame Schrei in uns allen danach, kein Niemand zu sein und dem Universum einen Stempel aufzudrücken, wird nicht durch die Regeln des Anstandes befriedigt. Alfred North Whitehead führte in seiner Liste der fünf Unabdingbarkeiten einer wahrhaft zivilisierten Gemeinschaft das Abenteuer gleich nach Wahrheit und Schönheit und noch vor Kunst und Frieden auf. Diese Vorstellung ist etwas verblüffend, aber das war auch seine Absicht. Sowohl die Männer als auch die Frauen sind dazu erzogen, im Abenteuer nur die vorübergehende Laune eines heranwachsenden Kindes zu sehen, die spätestens zusammen mit der Pubertät abgelegt wird. Der gereifte Mensch ist zur Ruhe gekommen, was heißen soll, daß er keine Abenteuer mehr braucht. Folglich dürfte er aber auch keine Schönheit, kein Vertrauen und kein Lachen mehr brauchen, denn auch sie sind für das »wirkliche Leben«, zu essen, zu zeugen und dafür, ein Dach über dem Kopf zu haben, nur von zweitrangiger Bedeutung. Das ist es, worum es im Leben geht, so heißt es jedenfalls, und eine Liebesaffäre ist gerade deswegen etwas Unechtes, weil sie sich diesen Pflichten entzieht. Ich bin mir aber da gar nicht so sicher, zumal sie sich ihnen nicht entzieht; das gelingt in keiner Lebenslage. Ein Einsiedler in seinem Baumhaus hat tägliche Pflichten und eine Liebesaffäre auch, obwohl diese im allgemeinen von anderer Art sind als die in einer Ehe.

Und dann, was ist denn das wirkliche Leben? Wenn der Mensch nicht nur vom Brot allein lebt, so lebt er aber auch nicht nur von seiner Gehaltsüberweisung, einer ausreichenden Versicherung und davon, daß er jeden Tag mit dem 5.17-Zug nach Hause kommt. Ehefrauen neigen allzu leicht dazu, ihre Männer und sogar sich selbst mit ihren jeweiligen Aufgaben gleichzusetzen, aber die Mechanismen des Lebens sind nicht das Leben selbst. Sie ähneln einem Bühnenbild; wenn es eindrucksvoll ist, applaudieren die Zuschauer, sobald sich der Vorhang hebt, und es tritt dann während des Fortgangs des Schauspiels in den Hintergrund. Die *mise en scène* als solche ist kein Ersatz für Dialog und Handlung, nicht im Theaterstück und nicht in der Wirklichkeit.

Das Abenteuer ist für ein gesundes Seelenleben so notwendig wie die Nahrung es für den Körper ist. Die Tatsache, daß die Ausführung einer bestimmten Handlung nicht ratsam ist, wird nichts ausrichten, wenn durch sie dieses Bedürfnis befriedigt wird. Das Glücksspiel ist für die menschliche Gesellschaft ziemlich schlecht, aber die Menschen werden so lange an den Spieltischen sitzen, solange die Hoffnung auf plötzlichen Reichtum eine Aussicht auf Veränderung und Abwechslung suggeriert. Daher rührt es auch, daß sich mehr arme als reiche Leute davon angezogen fühlen: Ihr Leben ist langweiliger. Gestreikt wird auch nicht nur um höherer Löhne oder kürzerer Arbeitszeit willen, sondern aus dem bloßen Bedürfnis heraus, etwas Aufregendes zu erleben. Eine Liebesaffäre vermittelt das Gefühl von Abenteuer, nicht nur deshalb, weil sie verboten und etwas riskant ist, sondern weil sie mit lückenhaften Informationen zurechtkommen muß, wie jedes schöpferische Unternehmen. Ein General zieht in die Schlacht; ein Künstler malt; Menschen besteigen den Mount Everest und setzen sich den Elementen aus, werden Heiler und richten über ein Verbrechen, und das alles trotz lückenhafter Informationen. Es bleibt ihnen auch nichts anderes übrig, denn das sind nun mal die Bedingungen, unter denen wir leben müssen. Ich will nicht behaupten, daß eine Liebesaffäre etwas Edleres oder Besseres als eine Ehe sei; für gewöhnlich ist sie es auch nicht. Aber eine Affäre entspricht oft wesentlich mehr der menschlichen Natur. Männer müssen wagemutig sein, oder sie verkümmern innerlich, und es ist noch keinem gelungen, etwas zu wagen, ohne dabei auch manchmal Fehler zu machen. Die

Ehe gräbt sich ihr eigenes Grab, wenn sie den Wagemut aus-
zuschalten versucht und Zukunft, Hoffnung und Mut zu einem harmlosen, handlichen Paket verschnüren will.

Es entspricht wirklich den Tatsachen, wenn Männer behaupten, daß eine Geliebte nichts mit ihren Gefühlen für die
Ehefrau zu tun hat, und beide Frauen tun gut daran, wenn
sie das einsehen. Die Gründe, aus denen ein Mann seine Ehe
nicht zerstört sehen will, sind in etwa die gleichen, aus denen
er nicht möchte, daß seine Arbeit umorganisiert wird: es
würde das Gefüge, in dem er sich nach so vielen Jahren mü-
helos und gekonnt bewegt, ins Wanken bringen. Das sagt
aber nichts darüber aus, ob er seine Frau überhaupt oder seine Geliebte nicht genug liebt. Sie befinden sich ganz einfach
auf verschiedenen Ebenen. Es ist möglich, daß sie in einer
Person, der Ehefrau, vereint sind; möglich, aber selten, denn
in den Augen der Gesellschaft befindet sich die Geliebte im
Unrecht, und deshalb gibt es nichts, was sie mit einer rechtmäßigen Frau zu schaffen haben könnte. Sie hat es aber
doch.

Die Fähigkeit, geliebt zu werden

*E*ine erfolgreiche Geliebte weiß, wie man es bewerkstelligt, geliebt zu werden, eine Ehefrau kommt höchst selten auf den Gedanken, daß es überhaupt nötig sein könnte, dies zu erlernen. Viele Leute glauben, daß geliebt zu werden die zwangsläufige Folge des Liebens ist. Es gibt kaum etwas, was noch irreführender wäre als die gängige und feierlich, mit wissenschaftlicher und kirchlicher Garnierung servierte Auffassung, daß man, um geliebt zu werden – einfach nur selbst lieben muß. Es erscheint so verlockend und kann, wie manche Pilze, tödlich sein. Erstens kann man es nicht nur kraft seines eigenen Willens erzwingen; niemand liebt nur deshalb, weil es als gut gilt, dies zu tun. Zweitens fördert es die Selbstgefälligkeit, sicherlich ein äußerst wenig liebenswerter Charakterzug. Drittens riecht es nach Manipulation: Liebe, und du wirst wiedergeliebt werden; es kommt nur darauf an, daß man mitmacht bei diesem Spiel, mit den lau-

tersten Absichten, versteht sich; aber es bleibt ein Quidpro-
quo, was genau das Gegenteil dessen ist, was Liebe beinhal-
tet. Viertens, es funktioniert nicht. Es gibt nichts Unange-
nehmeres, als von jemandem begehrt zu werden, zu dem
man sich nicht hingezogen fühlt, sei es ein Kind, ein Freund,
ein Kollege oder ein Liebhaber, und je glühender das Wer-
ben wird, desto kühler wird man selbst. Aus welchem logi-
schen Grund sollte es wohl auch umgekehrt funktionieren?
Ich, an Gottes Stelle, würde aufdringliche Gebete sowieso
nicht erhören, und zwar deshalb nicht, weil sie die Situation
so vollkommen verkennen. Eine blindwütige Leidenschaft,
darauf erpicht, Gegenliebe zu erzwingen, ist die reinste Ty-
rannei. Sie ähnelt der heuchlerischen Großherzigkeit von
Leuten, die sagen: ›Daran mußt du unbedingt teilhaben‹ –
dabei aber keineswegs von einem Laib Brot oder von hundert Dollar reden, sondern von einem Gedanken oder einem
Gefühl, so, als ob man keiner eigenen fähig wäre. Das, wonach sie tatsächlich suchen, ist eine geneigte oder beein-
druckte Zuhörerschaft. Eine Erwiderung der Gefühle hängt
nicht von der Intensität der eigenen ab, wie rein sie auch sein
mögen, sondern von der Bereitschaft und Fähigkeit der anderen Seite, diese aufzunehmen.

Das heißt nicht, daß die Liebe, die man im eigenen Herzen fühlt, nichts wert wäre, sondern nur, daß sie keine Garantie für ein Echo ist, und die unrealistische Vorstellung, daß es eigentlich doch so sein sollte, tut ein Ihres, um das Gute daran auch noch zunichte zu machen und zu korrumpieren. Wenn es ein Geheimnis gibt, das hinter dem ›Geliebtwerden‹ steckt, dann liegt es darin, *es nicht unbedingt zu brauchen.* Diese Fähigkeit ist es, die sich eine Geliebte zu eigen machen muß, oder sie muß sich für eine andere Art zu leben entscheiden; wohingegen eine Ehefrau davor die Augen verschließen kann, bis sie eines Tages feststellt, daß sie in einem hohlen Baumstamm lebt; dann allerdings ist es schon zu spät. Ich will gar nicht behaupten, daß es einer Geliebten immer leichtfällt oder sie sich von vornherein so sicher sein kann, diese Selbstbeherrschung zu erlangen; stellt sie sie zu offenkundig zur Schau oder schämt sie sich ihrer, so ist sie nicht echt. Aber auch was schweren Herzens getan wird, kann, wenn es ehrlich und richtig ist, lehrreich und bereichernd sein. Hat sie sich einmal mit dem Gedanken vertraut gemacht, daß sie, falls die Liebesbeziehung zu Ende ginge, überleben und ihr Leben selbst gestalten würde, wenn auch nie wieder genauso, so verfügt sie über die Grundlage und die Fähigkeit, geliebt zu werden.

Dies sind die Bedingungen, unter denen das Leben stattfindet, nicht nur für Geliebte, aber in ihrem Fall leichter erkennbar. Die Liebe liegt in unserer Natur und ist für uns höchstwahrscheinlich lebensnotwendig. Was aber für uns äußerst schwer zu begreifen ist, keine Liebe ist unersetzbar. Das mag uns zwar nicht gefallen, aber wir müssen uns damit abfinden, sonst benehmen wir uns wie kleine Kinder, die Familie spielen, und täuschen Gefühle vor, in die wir noch nicht hineingewachsen sind. Ein frisch verwitweter Ehemann sagte nach fünfunddreißig Jahren einer bemerkenswerten Ehe zu mir: ›Noch vor sechs Monaten hätte ich es nicht für möglich gehalten, aber dieses Kapitel ist zu Ende – und das Buch geht weiter.‹

Wir Menschen begegnen uns, funkensprühend wie ein Kometenschweif, für einen kurzen Augenblick in den Weiten von Zeit und Raum, aber wir gehören uns selbst. Wir alle müssen letztendlich die volle Verantwortung für das, was wir erleben und wie wir leben, übernehmen, und nur solange, wie wir das zu vermeiden versuchen und nach einer anderen Lösung schreien, bleiben wir Stückwerk, fühlen uns verloren, ruhelos und ungeliebt. Die Männer und Frauen, die dieser Tatsache, ohne mit der Wimper zu zucken, ins Auge sehen und sich daranmachen, sie zu meistern, sind die, die für uns auf dieser Erde am anziehendsten wirken. Sie werden immer geliebt werden, ob sie es wollen oder nicht, denn sie haben gelernt, wie es geht.

Selbstmitleid ist niemals gerechtfertigt, und dies stellt eine Geliebte sehr schnell fest, da die Situation, in der sie sich befindet, nicht so ganz der Norm entspricht. Sie ist, wie man so sagt, selbst schuld. Dieser Urteilsspruch ist gerecht, aber die Gesellschaft, die ihn fällt, darf dessen andere Hälfte nicht willkürlich unter den Tisch fallen lassen: Der Verdienst gebührt nämlich auch ihr – denn sogar im Ungerechtfertigten liegt immer ein Quentchen Verdienst, solange man damit verantwortungsbewußt umgeht; womit gemeint ist, falls man dem Handel, den man eingegangen ist, gerecht wird. Die Haftungsklausel in diesem ungeschriebenen Kontrakt zwischen einer Geliebten und der Gesellschaft birgt Vorzüge, wie sie sie wahrscheinlich weder die Gesellschaft noch die Frau selbst vermutet.

Eine Ehefrau neigt zu der Annahme, daß etwaige Mängel in ihrer Ehe entweder auf eine Katastrophe oder eine irrige Annahme oder pure Bosheit zurückzuführen seien. Eine Geliebte gesteht der Situation entweder von vornherein gewisse Schattenseiten zu, oder sie muß auf eine derartige Lebensform verzichten und stellt zu ihrem grenzenlosen Vergnügen fest, daß diese dunklen Stellen die Liebe nicht trügerisch oder falsch werden lassen. Diese Schatten sind vielmehr ein Abschnitt in einem zutiefst bedeutsamen Kreislauf, den die Wissenschaftler erst jetzt zu verstehen beginnen, einer Ganzheit, die alles, was lebt, durchdringt. Eine Geliebte wird zwangsläufig mit diesem Kreislauf in Übereinstimmung gebracht, das ist es, was ich mit ›sich mit dem ganzen Universum verbunden fühlen‹ gemeint habe. Diejenigen, die die echte Liebe erfahren wollen, müssen sich mit all ihren Komponenten auseinandersetzen; wem eine halbherzige Liebe genügt, für den ist es sicherer, die Dunkelheit auszuschließen.

Eine Geliebte weiß immer mehr, als sie je sagen würde – zu anderen Frauen, dem Mann in ihrem Leben, ja sogar zu sich selbst. Eine gute Freundin ist etwas Wunderbares, und manchmal erweist es sich als äußerst klug, seinen Gedanken freien Lauf zu gewähren; es kühlt sie ab. Eine Frau jedoch, die sich ständig über einen Mann beklagt, wird nicht mehr ernst genommen. Entweder man lebt mit ihm, ist still, oder man handelt, aber jammern sollte man nur dann, wenn man es tatsächlich darauf anlegt, nicht geliebt zu werden. In den höchsten Tönen zu loben ist auch nicht geschmackvoller oder weniger verheerend. Niemand möchte, daß man mit seinen Vorzügen hausieren geht. Eine Liaison ist zur Diskretion gezwungen, aber auch eine Heiratsurkunde ist noch lange kein Freibrief für marktschreierisches Verhalten.

Eine Geliebte versucht auch nicht vor dem betreffenden Mann all ihre Gedanken auszubreiten. Ich hörte einmal, wie ein Psychiater einer Gruppe von Medizinalassistenten erklärte, daß das Bedürfnis, ›alles zu erzählen‹, ein sicheres Zeichen für Verliebtsein wäre, aber damit irrte er sich. Es ist höchstens ein Zeichen von mangelnder Erfahrung und von Unsicherheit, gleich dem Versuch eines Kindes, einen Sonnenstrahl einzufangen. Mir ist schon klar, was der Psychiater damit meinte: daß die Liebe ein zartes Band der Verständigung ist, welches wir sofort mit Worten und Behauptungen zu untermauern trachten. Worte aber können tückisch sein. Sie können dieses Band erdrücken, statt es zu festigen.

Solange sie jung ist – an Jahren oder an Erfahrung –, kann es sein, daß eine Geliebte, wie andere Frauen auch, das Bedürfnis hat, ihr Herz auszuschütten, aber vor den Toren ihres Verstandes häufen sich die Umstände, die dagegen sprechen, wie vom Wind zusammengetriebene Blätter. Ihr eigener Stolz oder ihr Gespür für das, was angemessen ist, lassen ihr Worte wie ›Liebe‹ oder ›für immer‹ nur schwer über die Lippen kommen, und Geständnisse sind in ihrer Lage sowieso fehl am Platz. Man geht mit Bedacht vor. Es gibt kaum merkliche, aber doch sehr scharfe Grenzen, die sie nicht überschreiten darf, wenn das Verhältnis fortbestehen soll. Sie fragt den Mann nicht neugierig über den anderen Teil seines Lebens aus, und wenn er ihr davon erzählt, läßt sie es nicht dazu kommen, daß er Dinge sagt, die er später bereuen würde. Ein Glück, das auf übler Nachrede aufgebaut ist, ist nicht echt und auch nichts wert, und das weiß sie. Diese Einschränkungen mögen erdrückend scheinen, aber genau das Gegenteil ist der Fall; wie es auch bei der Kunst nur die Disziplin ist, die deren Kraft freisetzt und den Stil formt. Zu Anfang kann es sein, daß sich eine Geliebte innerlich dagegen sträubt, aber eines Tages wird sie selbst davon überrascht sein, daß sie diese Einschränkungen schätzt.

Mein ganzes berufliches Leben lang habe ich mich mit Worten beschäftigt – nicht meinen eigenen, anderer Leute Worte, aber dennoch damit, Gedanken in Worte zu fassen. Das war etwas, was Matthew besonders gefiel. Wir konnten uns stundenlang unterhalten und taten dies auch, aber es waren Gespräche, die zu etwas führten, und kein privates Geplauder. Das war das Kennzeichen ihres Wertes, aber das wußte ich noch nicht, und manchmal dachte ich, ich müßte vor lauter unausgesprochener Gedanken zerbersten. Wir konnten unseren Verstand gegenseitig durch ein Stück, das wir gerade gesehen hatten, jagen, wie Hunde, die im Schnee herumtollen; oder mit Anspielungen aus der Literatur so lange Ball spielen, bis wir vor Erschöpfung nur noch lachen konnten; oder über Politik diskutieren und endlos fachsimpeln – und doch sprachen wir unsere Zuneigung für einander nie laut aus. Er hatte die Angewohnheit, seinen Daumen auf meine Wange zu drücken, so wie es ein Töpfer tut ... Es war manchmal fast unmöglich, nicht doch etwas zu sagen, aber mein Gefühl riet mir, zu warten; eines Tages würde die Zeit reif sein für Worte.

Und so kam es auch: in einem weißgekalkten Haus in Mexiko mit einem Pinienfeuer und dicken Oaxacateppichen auf dem Steinfußboden. Zwei Gebirgswochen weit von der Welt entfernt, umgeben von der sanften Wildheit der Indianer, die uns zugetan waren und über unser Leben, allein durch ihren Instinkt und ihre rasche Auffassungsgabe, alles, was für sie notwendig war, wußten, ohne sich der Sprache zu bedienen. Damals hätte ich alles, was ich je sagen wollte, sagen können, aber die Notwendigkeit dafür war, zusammen mit der Welt, in der sie entstanden war, entschwunden. Sie war dort so bedeutungslos geworden wie ein Traum; ich wäre ein Dummkopf gewesen, hätte ich sie meiner Eitelkeit wegen heraufbeschwören wollen.

Allzu früh schon fuhren wir wieder zurück, aber diese schreckliche Notwendigkeit zu reden begleitete uns nicht, denn jetzt war mir klar, daß wir sie in unserem Leben auslebten, Tag für Tag. Matthew war sich ihres Ausmaßes genauso bewußt wie ich, wie auch die Indianer uns ganz ohne langwierige Erklärungen gekannt hatten. Ich war über diese Erkenntnis äußerst beglückt, und meine erste Regung war, ihm *dies* auch zu sagen, doch ich hielt noch rechtzeitig inne und mußte laut lachen. Als er mich fragte, was so lustig sei, sagte ich: ›Ich. Die Welt. Wir.‹ Das gefiel ihm, und er ließ es dabei bewenden, ebenfalls ohne seine Gedanken zu enthüllen. Wenn das, was gesagt wird, aus dem, was man lebt, hervorgeht, enthalten Worte mehr, als sie sagen; wenn aber das Reden zum Inhalt wird, statt Hilfsmittel zu bleiben, wird es schnell zu leerem Gerede.

Die Sprache ist wie das Feuer eine Gabe der Götter, und ich singe hier keineswegs ein Loblied auf die Dummheit. Aber ein absolutes Gedächtnis gehört in den Bereich der Medizin, und nichts wäre für die Liebe ernüchternder. Gedanken und Gefühle brauchen, wie alles andere, was lebt, Zeit und Geborgenheit, um sich entwickeln zu können. Eine Ehefrau ist sehr schlecht beraten, wenn sie ihre Nase in die Gedanken ihres Mannes steckt, so als wären es Austern fürs Abendessen, oder wenn sie ihre eigenen Gedanken wie einen Wasserfall über ihn hereinbrechen läßt. Eine Geliebte lernt, da sie nicht viele festgeschriebene Rechte hat, Zurückhaltung; eine Ehefrau, die deren fast zu viele hat, ist versucht, sich noch mehr anzumaßen.

Es gibt auch noch auf einem anderen Gebiet Anlaß zur Zurückhaltung, für ein gemäßigtes *sotto voce:* im Zwiegespräch mit sich selbst. Geliebte zu werden bedingt zwar keine geistige Zensur, aber es verlangt eine Art Beschneidung der eigenen Gedanken. Emotionaler Überschwang bedeutet noch lange nicht, daß die Gefühle Größe besitzen. Zu mutmaßen, sich zu quälen, falsche Schlüsse zu ziehen ist der Tod des ganzen Traumes. Eine Geliebte, die es zuließe, daß ihr Verstand sich in solchem Kinderkram ergeht, wäre schon in der nächsten Woche entthront. Sie findet sich mit mehr ab, als sie zu erklären oder rechtfertigen versucht. Sollte es dazu kommen, daß sie sich nicht länger fügen mag, dann stellt dies eine neue Situation dar, die auch eine neue Entscheidung fordert, aber bis es soweit ist, wird sie die Beziehung nicht durch ständige argwöhnische Überwachung zermartern. Es gibt bestimmt ein Dutzend guter Gründe, die gegen jedwede Liebesaffäre sprechen, und daher ist jedes Argument, sei es nun dafür oder dagegen, in jedem Fall mit Widersprüchen behaftet. Aber jede Liebe ist eine Lingua franca und läßt sich nicht auf grammatikalische Regeln reduzieren, auch die eheliche Liebe nicht.

Mit dem Erklären von Liebe ist es genauso wie mit dem Erklären von Dichtkunst. Es ist das tägliche Brot von Kritikern, nachdem das Gedicht entstanden ist, und vielleicht machen sie es sogar ausgezeichnet und ganz richtig. Aber das hat noch nie und in keinem Fall aus einem Kritiker einen Poeten werden lassen oder dazu geführt, daß die, die wissen, wie man es macht, ein einziges Gedicht zustande gebracht hätten. Robert Frost sagte, ein Gedicht ›wird aus der Freude heraus begonnen und endet in Weisheit‹. So ist es mit der Liebe auch, und all die Theoretiker mit ihren Tabellen und Gutachten und ihrer Pseudowissenschaftlichkeit sind nicht in der Lage, den Vorgang umzukehren: mit Weisheit zu beginnen und mit Freude zu enden.

Liebe ist kein gebrauchsfertiger Wertbegriff, der im luftleeren Raum schwebt; sie findet in den Menschen statt, in jedem einzelnen. Männer und Frauen – besser gesagt ein

Mann und eine Frau – erfinden die Liebe im Laufe ihrer Beziehung jeweils neu; sie läßt sich nicht im voraus festlegen.

Eine Frau, die in Gedanken so argumentiert: ›Wenn er mich lieben würde, würde er mehr Zeit mit mir verbringen‹, oder ›mir Geschenke machen‹ oder ›sich nach meinen Wünschen richten‹, praktiziert nicht, geliebt zu werden. Mit solcher Polemik ist gemeint, daß sie ihn, wenn er ein freundlicheres Wesen hätte, mehr lieben könnte, und wie kann er sich unterstehen, dessen nicht wert zu sein? Wenn sie einen Spitzbuben geheiratet hat, so kann das äußerst unangenehm oder sehr aufregend sein, aber ein Kriterium für Liebe ist es nicht. Ein Halunke kann von echter Liebe mehr verstehen als eine Krämerseele, die nicht Manns genug ist, sich in irgendein Wagnis zu stürzen.

Achte auf das, was dir unbewußt durch den Kopf geht. Es spiegelt sich in Hunderten von Kleinigkeiten wider: im Klang der Stimme, in einem Blick, einer Geste, in den Dingen, über die man zu lachen bereit ist, und darin, wie schnell oder zögerlich man antwortet. Dies alles wiederum bestimmt die Qualität und die Menge an Liebe, die man zuläßt, und somit auch die Art von Liebe, die man bekommt. Ich behaupte nicht, daß eine Geliebte über ebendiesen Fehlern stünde, nur macht sie sie nicht immer wieder; sie bekommt nämlich dazu keine Gelegenheit.

Es ist von entscheidender Bedeutung, zu erkennen, daß Verstand und Liebe einander nicht im Wege stehen. Ich habe sowohl verheiratete als auch unverheiratete Männer und Frauen gekannt, die ihr ganzes Leben darunter gelitten haben, die wahre Liebe nicht zu kennen, dennoch aber auf ihrer abstrakten Auffassung dieses Wortes beharren. Sie halten die Liebe für ein mystisch-magisches Etwas, das mit irgendwelchen anderen Stärken, die sie vielleicht besitzen, überhaupt nichts zu tun hat. Sie denken nie über ihr eigenes Wesen nach oder über das, was man von ihnen möglicherweise erwartet, wenn morgen die Liebe anklopfen würde. In ihren Köpfen geistert eine Zeile, wie sie in schlechten Romanen zu finden ist, herum: ›Wenn man darüber nachdenken muß, dann ist es keine Liebe.‹ Unsinn. Das hieße das gleiche wie: Wer lernen muß, ist nicht begabt. Es ist völlig sinnlos, die Götter um ein Wunder anzuflehen, das man nicht einmal bei hellstem Tageslicht als solches erkennen würde. Was dem Verstand verschwommen und unklar ist, bleibt meist auch als tatsächlich Erlebtes verschwommen und unklar, wie ja auch das Auge nicht ohne weiteres bereit ist, etwas wahrzunehmen, was der Verstand nicht glaubt. Das Auge, zum Beispiel, sieht ohne Mikroskop ziemlich wenig, auch wenn es durch weit geöffnete Lider schaut.

Eine besonders erfolgreiche Methode zu verhindern, daß man geliebt wird, ist der großartige Vorsatz, alle zu lieben. In seinem eigentlichen Sinn verstanden, kann es ein sehr edles Ziel sein, falsch ausgelegt jedoch, richtet es großen Schaden an. Ich möchte mich hier nicht über diesen eigentlichen Sinn verbreiten; damit mühen sich die Gelehrten schon seit Jahrhunderten ab. Die Unterscheidung zwischen dem griechischen *Agape* und *Philia*, im Englischen jeweils mit *Liebe* übersetzt, ist ein Thema, für dessen Abhandlung es eines Plato bedürfte. In zwei Punkten bin ich mir ganz sicher: In diesem Zusammenhang betrachtet, bedeutet Liebe etwas anderes als die Polarität von Mann und Frau, obwohl sich im Idealfall beides mischen kann. Und außerdem: Nirgendwo in der Bibel steht, man solle *alle Welt* lieben. Die wahllose körperliche Liebe ist sogar ausdrücklich verboten, wie in jeder anderen Gesellschaftsform auch. Jesus Christus hielt seine Anhänger an, einander zu lieben und den Nachbarn auch – im Singular, wohlgemerkt. Er gab klar zu verstehen, daß es unter gewissen Umständen die unwahrscheinlichsten Leute sein können, die zum Nachbarn werden, das aber ist himmelweit davon entfernt, wahllos die ganze menschliche Rasse mit einzubeziehen. Er selbst war äußerst wählerisch. Von jedem geliebt zu werden, der Gedanke allein schon ist strapaziös. Die feste Absicht, der Menschheit mit Wohlwollen gegenüberzutreten, zeugt von einer reifen und großmütigen Einstellung, aber eine der größten Stärken der Liebe ist ihre Ausschließlichkeit. Durch sie erhält die menschliche Seele den Raum, der nur ihr allein gehört und für sie genauso wichtig ist wie das Wissen um die eigene Identität. Eine Zuneigung, die wie mit der Gießkanne verteilt wird, eine Liebe, die die ganze Welt mit einbezieht, verlangt viel weniger Engagement, als einen Mann oder eine Frau in unmittelbarer Nähe zu lieben; es handelt sich hierbei nicht einmal um die gleiche Art von Gefühlsregungen. Liebe bedeutet, sich für das eine, besondere Individuum entschieden zu haben, und eine Geliebte weiß das sehr wohl. Eine Ehefrau vergißt das oft in dem Wust von Kindern, Verwandten und Leuten aus der Nachbarschaft – allesamt durchaus berechtigte Belange, jedoch von sekundärer Bedeutung, die man da lassen sollte, wo sie hingehören.

Einer der legendären Wirtschaftsmagnaten dieses Landes – er hat noch drei nicht weniger faszinierende Brüder – erzählte mir einmal, daß ein Teil ihres Erfolges aus dem Wissen resultierte, daß ihre Eltern sich mehr liebten als ihre Kinder. Sie waren eine arme Einwandererfamilie, und die Buben mußten von ihrem siebten Lebensjahr an schwer arbeiten. Sie wurden, wie damals üblich, streng bestraft, sogar, was aber selten vorkam, mit der Peitsche geschlagen. Aus jedem von ihnen wurde der Leiter eines großen Unternehmens. ›Es heißt, es würde keine Jugendkriminalität mehr geben, wenn man den Kindern nur genug Liebe schenken würde‹, sagte der Geschäftsmann, ›aber mir ist nicht recht klar, was das bedeuten soll. Man kann ein Kind so über die Maßen lieben, daß es gerade dadurch verdorben wird. Wir wußten, daß unser Vater bei unserer Mutter an erster Stelle kam, wie auch umgekehrt, und das bedeutet für ein Kind Stärke. Es ist so ähnlich, wie wenn man weiß, daß man von königlichem Geblüt ist: sowohl Privileg als auch Herausforderung. Wir waren jemand, waren prinzliche Nachkommen einer großen Kraft. Das wußten wir, und darin wurzelten wir.‹

Willst du geliebt werden, versuche nicht zu helfen. Allzu viele Ehefrauen gefallen sich darin, die Karriere ihres Mannes mit voranzutreiben, und fühlen sich zutiefst getroffen, wenn sie dafür keinen Dank ernten. Jeder Mann, der etwas taugt, möchte es aus seinem eigenen, freien Willen heraus zu etwas bringen. Er kann sich dazu Hilfskräfte einstellen, mit denen er keine gefühlsmäßigen Verpflichtungen einzugehen braucht. Das Klischee des erfolgreichen Mannes, der seine Ehefrau, die ihm geholfen hat, so weit zu kommen, ausrangiert, ist zwar ziemlich abgedroschen, aber dennoch gerecht. Daß er sie verläßt, ist in gewisser Weise für ihn genauso unerläßlich wie, daß er ab einem bestimmten, weit zurückliegenden Zeitpunkt in seinem Leben auf die Hilfe seiner Mutter verzichtet hat. Eine Ehefrau, die es mit ihrer Hilfe übertreibt, macht möglicherweise einen erneuten Verzicht nötig. Die graue Eminenz hinter dem Thron zu sein, birgt in besonderem Maße die Gefahr, geopfert zu werden. Man braucht dafür noch mehr Geschick, als wenn man nach eigenem Erfolg strebt, das heißt Fähigkeiten einer Art, die der Liebe entgegenwirken: Verstellungskunst, taktisches Geschick und mehr Einblick, als der Liebe guttun würde. Frauen, die sehr ehrgeizig sind, findet man besonders häufig in den mittleren und oberen Gesellschaftsschichten, dort, wo es außer Geld noch etwas anderes zu gewinnen gibt: Ansehen, Macht und Aufmerksamkeit, die auch auf sie zurückfallen. Dies läßt den Verdacht aufkommen, daß die Beweggründe einer Ehefrau, die ihrem Mann hilft, vielleicht doch nicht so selbstlos sind, wie sie es sich gern einbildet. Die

Frauen von Lastwagenfahrern und Elektrikern erwarten äußerst selten, in das Lob für das Vorwärtskommen ihres Mannes mit einbezogen zu werden, aber gegen die Gefahren des Helfenwollens sind sie auch nicht gefeit. Zwei Ehen dieser Art, die während der Weltwirtschaftskrise in die Brüche gingen, kenne ich aus nächster Nähe. In dem einen der beiden Fälle ging die Frau arbeiten, nicht, weil sie es von sich aus wollte, sondern, wie sie wiederholt betonte, ›um Joe unter die Arme zu greifen‹. Daß eine Ehefrau aus eigenem Wunsch heraus arbeiten geht, hätte bedeutet, daß sie in ihrer Rolle als Frau irgendwie versagt hat, aber seinem Ehemann zu helfen, klang wesentlich edler. Die andere Ehefrau versuchte, die Moral ihres arbeitslosen Ehemannes zu heben, indem sie ihm versicherte, daß er hervorragende Arbeit leisten und damit bestimmt wieder Geld verdienen würde, während ihm völlig klar war, daß ihr jegliche Grundlage fehlte, dies beurteilen zu können. Für ihn wäre es wichtig gewesen, es von anderen Männern, die von seinem Beruf etwas verstanden, zu hören. Daß sie es aus blinder Liebe heraus sagte, hieß nur Salz in die Wunde streuen – ohne dessen heilende Kräfte. Beide Ehen zerbrachen.

Eine der besten Ehen, die ich je gesehen habe – und sie dauerte mehr als vierzig Jahre –, basierte zum Teil auf der weisen

Voraussicht des Ehemannes, der, noch als Bräutigam, die Hände seiner Frau in die seinen nahm und zu ihr sagte: ›Mein Herz, ich liebe dich und möchte zusammen mit dir ein Heim, Kinder und eine echte Harmonie des Geistes haben, aber misch-dich-nicht-in-meine-Arbeit-ein!‹

Jener Mann stand gerade am Beginn einer glänzenden Karriere als Dramatiker, und seine Frau hatte sich in ihren Träumen schon im Nerzmantel auf Premierenfeiern gehen sehen, um dann auch auf die Bühne gebeten zu werden und sich mit ihm zu verbeugen. Sie stellte sich vor, wie sie ihm auf einem Tablett Kaffee und Sandwiches ins Arbeitszimmer brachte, und mußte statt dessen feststellen, daß er in einem kleinen, schäbigen Büro arbeitete, dessen Betreten für sie tatsächlich verboten war. Wenn sie ihn gelegentlich dort abholte, mußte sie im Stehen auf ihn warten, es gab dort keinen zweiten Stuhl. Einmal beklagte sie sich, daß es dort kalt sei, worauf er sie anfuhr: ›Mir gefällt es so!‹ Als sein bedeutendstes Stück in Buchform erschien, widmete er es ›Meiner Frau, denn sie mischt sich nie ein‹.

Sie lachte und sagte zu mir: ›Ich hätte nie gedacht, daß ich ausgerechnet dafür gelobt würde, aber ich bin jetzt richtig stolz darauf.‹

Dies zieht weder den Schluß nach sich, daß eine Frau eine

Behinderung sein muß, noch daß eine tief empfundene Liebe einem Mann nicht dabei helfen würde, seine Ausdruckskraft, sei es in seiner Arbeit oder sonstwo, zur vollen Entfaltung zu bringen. Das aber nur am Rande; wir zäumen den Gaul von hinten auf, wenn wir darauf beharren, daß die Liebe erst die Persönlichkeit erschafft – bei der Kindererziehung, in der Ehe, beim Unterrichten, in welch persönlicher Beziehung auch immer. Zuerst kommt der Charakter; ohne die Person gäbe es keine Liebe oder irgendeinen zwischenmenschlichen Austausch.

Der Begriff Hilfe suggeriert ein gewisses Maß an Hilflosigkeit, was von vornherein schon zerstörerisch wirkt. Man hilft Kindern oder alten Menschen, Kranken, Armen und von Schicksalsschlägen Getroffenen, wenn jedoch dieser Beistand nicht bewußt verantwortungsvoll zeitlich begrenzt wird, wird die Situation für beide Seiten ungesund. Ein Mann ist trotz seiner Geliebten erfolgreich, und dabei stellt sie vielleicht sogar eine Gefahr für seine Ziele dar. So kann er aber mit seinen Erfolgen im Strahlenglanz seines eigenen Ruhmes vor sie treten, ohne ihr dafür in irgendeiner Weise zu Dank verpflichtet zu sein.

Es gibt in der Literatur zwei Ehefrauen, über die ich mich schon immer geärgert habe, aber es ist ja die Aufgabe des

Schauspiels, uns plötzlich mit der Wahrheit zu konfrontieren. Die eine ist Candida in dem gleichnamigen Stück von Bernard Shaw, die andere ist Maggie aus *Was jede Frau weiß* von James Barrie. Von dem letztgenannten Stück habe ich nur eine einzige Aufführung gesehen, aber das war schon genug Maggie für meinen Geschmack. Sie war eine graue Maus, von der keiner vermutet hätte, daß sie das Gehirn ihres brillanten Ehemannes ist. *Candida* ist das viel bessere Stück, und bei Shaw, der ein ganz durchtriebener Bursche war, bin ich mir nie ganz sicher gewesen, ob er seine Heldin großartig oder bösartig erscheinen lassen wollte. Ich hege den Verdacht, daß er seine Zuschauerschaft sich durch ihre Wahl selbst verraten lassen wollte, und gebe für meinen Teil offen zu, daß ich diese Frau verabscheue. Schön, charmant und intelligent, wie sie ist, betrachtet sie alle männlichen Wesen mit, wie Shaw es nennt, ›belustigter, mütterlicher Nachsicht‹, wobei sie ihren Ehemann zum ältesten Kind degradiert und so seine Mannhaftigkeit zerstört. Er ist Geistlicher, und das Ehepaar hat sich mit einem schüchternen ehemaligen Schüler von ihm angefreundet, der halb so alt wie Candida ist und sich bis über beide Ohren in sie verliebt. Wie ein Ritter aus früheren Zeiten tritt er ihr nie zu nahe, sondern überhäuft sie nur mit Gedichten und Artigkeiten, stachelt aber den kleinkrämerischen Ehemann zu einem Streitgespräch an, das dessen Klischeevorstellungen zutage treten läßt.

Candida mischt sich natürlich ein und verteidigt ihr unfähiges Ehegespons folgendermaßen: ›Sehen Sie sich diesen anderen Jungen hier an – meinen Jungen –, verwöhnt seit seinen frühesten Kindertagen. Alle zwei Wochen besuchen wir seine Eltern. … Sie wissen ja, wie stark er ist, wie klug er ist, wie glücklich. Fragen Sie die Mutter von James und seine drei Schwestern, was es sie an Mühe gekostet hat, James davor zu bewahren, irgend etwas anderes tun zu müssen als stark, klug und glücklich zu sein. Fragen Sie mich, was es mich kostet, für James Mutter, drei Schwestern, Ehefrau und Mutter seiner Kinder in einer Person zu sein. … Fragen Sie die Kaufleute, die James belästigen und so seine schönen Predigten ruinieren wollen, wer derjenige ist, der sie vertröstet. Geht es darum, Geld zu geben, so gibt er es; geht es darum, Geld zu verweigern, so tue ich es. Ich umgebe ihn mit einem Bollwerk der Ruhe und Bequemlichkeit, der Hingabe und der Liebe und stehe ständig Wache, um die kleinen, alltäglichen Sorgen von ihm fernzuhalten. Ich mache ihn hier zum Gebieter, obwohl er das nicht weiß und Ihnen noch einen Augenblick zuvor nicht hätte sagen können, wie es dazu überhaupt kam. Und als er glaubte, daß ich vielleicht mit Ihnen zusammen fortgehen würde … da bot er mir seine Kraft zu meinem Schutz an, seinen Fleiß für meinen Lebensunterhalt, seine Stellung für mein Ansehen – ach, ich bringe deine wunderbaren Sätze durcheinander und ruiniere sie, nicht wahr, Liebling?‹

Woraufhin ihr Ehemann, rückgratlos wie ein Regenwurm, niederkniet und erwidert: ›All das ist wahr, ein jedes Wort. Zu dem, was ich bin, hast du mich mit deiner Hände Arbeit und deines Herzens Liebe gemacht. Du bist meine Frau, meine Mutter, meine Schwestern: Du bist für mich alles, was Liebe und Fürsorge vermag.‹

Candida, vor Selbstgefälligkeit schnurrend, fragt den entsetzten Poeten, dessen Herz und Idolbild gleichermaßen in tausend Stücke zersprungen sind: ›Bin ich für Sie Mutter und Schwestern, Eugene?‹

›Niemals!‹ stößt er voller Abscheu aus.

An dieser Stelle möchte ich immer die Fahnen entrollen und die Hörner erklingen lassen. Ich teile die Abscheu des jungen Mannes. Candida, helfende Hand bis zum bitteren Ende, gibt ihm ein Abschiedswort mit auf den Weg, womit er sich darüber hinwegtrösten soll, daß es sowieso niemals hätte gutgehen können: Sie sei immerhin fünfzehn Jahre älter als er. Worauf er entgegnet: ›In hundert Jahren werden wir gleich alt sein.‹ Er geht, und der Vorhang fällt, während sich das Ehepaar umarmt. In unserer heutigen, trockenen Sprache ausgedrückt: Sie verdienen einander. Candida hätte nie eine Geliebte sein können; dazu fehlte es ihr sowohl an Phantasie als auch an Mut. Ihre Liebe galt nicht dem Mann, sie hätte gar nicht gewußt, was sie mit einem solchen hätte anfangen sollen; sie liebte sich selbst und ihre Rolle als treibende Kraft. Davon, wie man geliebt wird, hatte sie jedenfalls keine Ahnung. Das Schlimmste, was man der Liebe antun kann, ist, sie zu verwalten.

Die Uhren von Ehefrauen gehen anders als die von Geliebten. Einer Ehefrau kann es passieren, daß sie sich derart mit der Zukunft beschäftigt, daß sie beinahe aufhört, im Heute zu leben. Alles ist auf das Morgen ausgerichtet: die Erziehung der Kinder, das größere Haus, die im nächsten Jahr anstehende Beförderung, der Ruhestand, der in die Weite gerichtete Blick auf ein Ereignis, das in der Ferne liegt. Eine Geliebte lebt vielleicht zu sehr in der Gegenwart, aber gerade dieser direkte Bezug ist es, der wie ein Leitstern wirkt. Es war bestimmt nicht nur ein Mann, der gesagt oder sich gedacht hat, daß er sich bei seiner Geliebten wenigstens lebendig fühlt. Die Gegenwart ist das einzige, was man wirklich kennen kann. Und obwohl sie nur als Zeitabschnitt und nicht als Augenblick wahrgenommen wird, schadet es ihr, wenn man sich ständig mit der Zukunft abmüht, genausosehr, wie wenn man sich dauernd mit der Vergangenheit abschleppt. Jeder, der über einen gesunden Menschenverstand verfügt, wird auf dem Weg, den er geht, etwas vorausschauen, jedoch nicht so weit, daß er sich die Gegenwart wegen eines ungewissen ›Dereinst‹ verbaut. Spontaneität und Liebesaffäre gehören zusammen, aber deshalb muß eine Ehe noch lange nicht nach rein wirtschaftlichen Grundsätzen geplant werden. Eine junge Witwe, die sich ziemlich nach der Decke strecken mußte, sagte einmal zu mir: ›Ich freue mich jeden Tag aufs neue darüber, daß wir so viele unvernünftige Dinge getan haben. Hätten wir gewartet, bis wir sie uns leisten konnten, wäre es jetzt dafür zu spät.‹

Eine Geliebte gelangt bald zu der Erkenntnis, daß die Liebe nicht in der Dauer von Tagen, sondern in Höhen und Tiefen gemessen wird. Eine Liebesaffäre ist ständig zweierlei Arten von Bedrohung ausgesetzt: einem voraussehbaren Ende und einer bruchstückhaften Gegenwart, was eigentlich ihr Ruin sein sollte, es aber nicht ist. Es verstärkt im Gegenteil sogar noch die Gemütsbewegungen, aber nicht künstlich, sondern

54

aus dem Wissen um den Pakt heraus, den die Menschheit mit der Zeit geschlossen hat. Auch die Ehe kann dem allgegenwärtigen Gesetz, daß ›alles vergänglich ist und wir nichts behalten können‹, kein ›Für immer‹ abringen. Eine Liebesaffäre verlangt nicht nach einer Sicherheitsgarantie vor dem Schicksal der Welt, sie teilt dieses Schicksal und ist sich dessen nur allzusehr bewußt, was ihr große Lebendigkeit verleiht, solange sie besteht.

Die Liebe kann das Gesetz des Lebens, dem alles unterworfen ist, nicht aufheben, und ständig jammernd danach zu verlangen, ist nur kindisches Geplapper. Die Liebe findet nicht während eines ewigwährenden Tages statt, sondern in der Realität des Gesehen-, Berührt- und Erkannthabens, einer Art Alchimie, die den Bezug jedes einzelnen zur Zeit nachhaltig beeinflußt. Die Liebe wird nie das Dunkel von uns fernhalten können, aber sie ist eine derart strahlende Wahrheit, daß sie uns damit für ihre Vergänglichkeit entschädigt. Verheiratete Liebende würden gut daran tun, dies zu bedenken; den unverheirateten bleibt sowieso keine andere Wahl.

Daß man sich überhaupt verliebt, liegt zum Teil an der berauschenden Mischung aus Vertrautem und Fremdem. Da ist plötzlich jemand, der einem zugleich so ähnlich ist, daß man sich sofort heimisch fühlt, und doch so anders, daß er einem tausend neue Fenster zum Universum aufstößt. Für den Bestand der Liebe sind beide Seiten nötig.

Ein Bekannter von mir kam unerwartet vom Militärdienst nach Hause und mußte feststellen, daß seine Ehefrau, mit der er seit neun Jahren verheiratet war, mit einem anderen Mann zusammenlebte. Fassungslos und wütend warf er den Mann eigenhändig hinaus und ging dann selbst, ohne einen Blick zurück. Monate verstrichen, in denen er nichts unternahm, um die Scheidung voranzutreiben, und als ich ihn nach dem Grund dafür fragte (dem Alter nach könnte er mein Sohn sein), antwortete er: ›Ich weiß ja, daß es unsinnig ist. Für mich ist die Sache erledigt – daran besteht kein Zweifel. Nur hätte ich geschworen, daß ich diese Frau in- und auswendig kenne, und die Tatsache, daß dies offensichtlich nicht der Fall ist, macht sie für mich – nun ja, fast wieder reizvoll. Sie wirkt auf mich wie eine Fremde.‹

Willst du geliebt werden, bleibe immer ein bißchen rätselhaft. Behalte ein Eckchen deiner Gedanken und deines Herzens dir allein vor, nicht aus berechnender Verweigerung, sondern um dir die Privatsphäre deiner Persönlichkeit zu erhalten. Dabei handelt es sich weder um Selbstsucht noch um einen Zaubertrick, sondern um eine rechtmäßige Klausel deiner Daseinsberechtigung. Es gibt weder eine stichhaltige Ausrede dafür, sich dem Leben zu entziehen, oder seine Erkenntnisse aus zweiter Hand zu beziehen, noch sich vor der schwierigen Aufgabe zu drücken, herauszufinden, wer man ist oder sein wird. Die Ehe verengt in gewisser Weise unweigerlich den Horizont. Man hält, zum Beispiel, nicht mehr nach einem Partner Ausschau – um so mehr Grund, in andere Richtungen zu blicken, nach oben, darüber hinaus und um sich herum. Die Frage nach der Zukunft beschäftigt einen nicht mehr so sehr – nun gut, beschäftige dich mit Kunst, Geschichte oder was sonst auch immer deinen Verstand anspricht. Das ist es, wozu er da ist, und jetzt hat er die Muße, sich auf diesen anderen Gebieten zu betätigen. Was am meisten dafür spricht, Ordnung in sein Leben zu bringen, ist, die eigenen Energien für ihre wirklichen Aufgaben frei zu machen. Die Ehe ist eine Form des Ordnungschaffens, und dieses schmälert ihren Wert keineswegs, sondern es ehrt sie, ähnlich dem japanischen Floristen, der das Band und das Papier, mit dem er seine Blumen einwickelt, mit dem gleichen Maß an Sorgfalt behandelt wie die Blüten. Eine Ehefrau jedoch, die ihre ganze Liebe auf das Ordnen konzentriert, so als ob dies der Zweck des Lebens wäre, erstickt ihre Ehe mit ihren Versorgungsaktivitäten.

Matthew hat einmal in einem, meiner Meinung nach, von zu Hause herrührenden Anfall von Ärger, nicht, daß ich ihn danach gefragt hätte, zu mir gesagt: ›Wenn du je willst, daß ich dich verlasse, dann stürze dich in Hausarbeit.‹ Damit meinte er nicht, daß sie nicht auch erledigt werden müsse, sondern, daß sie nicht zum Mittelpunkt unseres Lebens werden dürfe. Und es ging ihm dabei auch nicht allein um die Arbeit im Haushalt, sondern um Belanglosigkeiten jeglicher Art. Eine kluge Ehefrau sorgt dafür, daß sie zumindest ein Betätigungsfeld hat, das ihren Neigungen entspricht, und läßt es nie brachliegen. Wenn dadurch Kinder und Haushalt etwas ins Hintertreffen kommen, so läßt sich das eben nicht vermeiden. Beides wird nämlich wesentlich mehr unter einer Ehe leiden, die in Eintönigkeit und Interesselosigkeit stagniert. Ich will damit nicht behaupten, daß ein Mann einer anderen Frau wegen ihres Verstandes nachläuft, und er tut es, in einer ganz entscheidenden Hinsicht, doch – es sei denn, er ist ein Don Juan oder etwas ähnlich Unreifes, das ist aber wieder etwas anderes.

Ein Geist, der sich seinem eigenen Stück Himmel entgegenreckt, bietet einen genauso herrlichen Anblick wie ein Körper, der dies tut. Nie käme eine Geliebte auf den Gedanken, daß es eine Gefahr für ihre Liebesbeziehung wäre, dafür zu sorgen, daß ihr Verstand gut gerüstet ist, und ihn zu benützen; genau das Gegenteil trifft zu: Ein Verstand, der es auf irgendeinem Gebiet zu einem gewissen Können gebracht hat, ist selbstgenügsam und bescheiden; er hat den Wert des Wartens erkannt und weiß auch, wann er nicht warten darf; er besitzt die Anmut der Ungezwungenheit und verfügt über eine Mischung aus Stolz und Zufriedenheit. Um dies zu erreichen, bedarf es keineswegs des Formats eines Genies. Ich habe es bei Frauen beobachtet, die Brot backten, webten, Trauben pflückten, Bücher banden und Fallschirme zusammenlegten – und dabei leise vor sich hin summten, wie sie es vielleicht bei den Schlafliedern ihrer kleinen Söhne getan hätten. Für eine Liebe, die von Dauer sein soll, ist es von elementarer Wichtigkeit, sich auch auf einem geistigen Gebiet mit Erfolg zu betätigen, da es für die Persönlichkeit grundlegend wichtig ist. Eine Unperson zu lieben, dürfte sich als zumindest schwierig erweisen.

Geliebte sind keine betörenden Geschöpfe, die niemals einen Boden aufwischen oder flicken müssen; sie sind sogar erstaunlich hausfraulich veranlagt. Ich kenne keine, die nicht eine hervorragende Köchin oder eine ziemlich penible Hausfrau gewesen wäre und der es nicht Vergnügen bereitet hätte, eine gute Gastgeberin zu sein. Aber dieses ganz alltägliche Werken findet ohne großes Aufheben statt, und das nicht nur aus Rücksicht auf andere, sondern um ihrer selbst willen. Es geht nicht nur darum, daß ein Mann es nicht leiden kann, wenn sich der Haushalt zwischen seinen Füßen abspielt. Sie selbst hält es nicht für das Wichtigste im Leben. Das Leben tritt in der Form von alltäglichen Verrichtungen auch an Staatsmänner und große Künstler heran; auch sie brauchen frische Socken und eine Tasse Kaffee und müssen sich darum manchmal selbst kümmern. Aber der Sinn des Lebens liegt nicht in der Erledigung niedriger Notwendigkeiten, und die Energien, die durch solche Aufgaben gebunden werden, sind blind dafür zu erkennen, daß sie es sind. Es ist wirklich unnötig, wegen des Haushaltes oder auch der Erziehung der Kinder ein großes Getue zu machen, nur jemand, dessen Geist sonst nichts hat, womit er sich beschäftigt, wird darum viel Aufhebens machen. Eine Ehefrau braucht keine Karrierefrau zu sein, aber eine Frau muß sie sein, eine ganze Person, mit Kopf und Händen. Man wird mit dem weiblichen Geschlecht geboren, aber eine Frau zu sein ist eine persönliche Leistung.

Meine Großmutter war eine halbe Spanierin und lebte auf einer Ranch von der Größe eines Landkreises. Sie konnte Geburtshilfe leisten und ein Fohlen ans Halfter gewöhnen,

Gitarre spielen und auf dem Gouverneursball in einem weißen Spitzenabendkleid tanzen. Als ihre älteste Freundin starb, war meine Großmutter siebenundachtzig. Allein und schweigend schritt sie in der Kirche den Gang hinunter und legte als Abschiedsgruß eine wilde Iris in den Sarg. Vierhundert Leute waren zu Tränen gerührt. Ein Reporter schrieb über sie und ihre verstorbene Freundin: ›Das waren die großartigen Frauen des Westens. Leider ist diese Machart heute in Vergessenheit geraten.‹

Wahrscheinlich hatte er recht; aber wie jammerschade und was für eine Vergeudung. Da draußen liegt eine Welt wie eh und je, und jeder Mann und jede Frau ist dazu geboren, einen Anteil davon zu erben. Diesem den Rücken zu kehren heißt, einen Teil seiner eigenen Persönlichkeit zu verleugnen. Vor etwa hundert Jahren war es die Mätresse, die glaubte, um der Liebe willen gut und gern auf den Rest der Welt verzichten zu können, und diese Engstirnigkeit unterminierte auf die Dauer die verbotene Affäre. Heutzutage ist es häufiger die Ehefrau, die für Heim und Familie auf alles verzichtet und nicht erkennt, daß es sich dabei nicht so sehr um Geben wie um Aufgeben handelt. Es mag ja in der Tat edler sein zu geben als zu nehmen, aber wer kann schon mit leeren Händen geben? Nacktheit und Unwissenheit ist unser aller

Ausgangspunkt, und wir müssen wachsen, indem wir aus dem sintflutartig über uns hereinbrechenden Universum alles, wozu wir in der Lage sind, aufnehmen. Nimm, was dir gegeben wird, gehe achtsam damit um, freue dich darüber, mehre es: Dies ist ein Gesetz, so alt wie die Welt, denn dann, und nur dann, wirst du etwas besitzen, das es wert ist, gegeben zu werden. Erforsche etwas, lerne etwas, riskiere mehr, als du dir zutraust, sorge für etwas, werde etwas – wenn du wirklich geliebt werden willst.

Wer bist du?

*W*enn ich, was selten geschah, nicht umhinkam auszuru-
fen: ›Du machst mich überglücklich!‹, ließ Matthew mir dies
fast nie durchgehen. Er sagte darauf immer ganz ruhig: ›Du
bist es selbst, der dich glücklich macht. Ich bin nur ein Teil
davon.‹ Zur Hälfte freute ich mich über das Maß an Weisheit, das in der Antwort mitschwang, denn es war typisch für
ihn, daß er meinen Geist wachrüttelte; und zur Hälfte versetzte sie mich durch die Andeutung – als welche ich sie auf-
faßte, so töricht sind wir erzogen –, daß unsere Liebe nur Il-
lusion sei, in Angst und Schrecken. Ein andermal sagte er:
›Bürde mir nicht solch eine Last auf, wenn du dieses herrli-
che Etwas nicht zunichte machen willst. Wenn du auf einer
einsamen Insel wärst, würdest du auch Gründe finden, um
glücklich zu sein, denn das liegt in deiner Natur. Ich will damit nicht sagen, daß du nicht fähig seist, dir Sorgen zu machen, aber du bist einfach keine mißmutige Person, verstehst du?‹

Ich fing gerade damit an. Und indem er mich nicht, wie eine fahrige Studentin im zweiten Semester, aufforderte, ich solle bei meiner Wortwahl genauer sein, zeigte sich seine geradezu sokratische Art, mit dem Leben umzugehen.

Letztendlich wies er mich liebevoll zurecht: ›Sag, daß du glücklich bist – darüber freue ich mich; aber nicht, daß ich es bin, der dafür verantwortlich ist. Es liegt nicht in meiner Hand, dir Glück zu schenken oder zu verwehren, und das würde ich auch ablehnen. Es würde unsere ganze Beziehung in ein falsches Licht rücken.‹

Wie fast jeder verständige Mensch erkenne ich die Wahrheit, wenn ich sie vor Augen habe, und ich sagte nie wieder zu ihm, er würde mich glücklich machen. Das mag vielleicht etwas nüchtern und kleinlich klingen, aber das Gegenteil ist, meiner Meinung nach, der Fall. Wenn man sich nicht Mühe gibt, erst einmal selbst richtig zu erkennen, was man meint, dann wird auch die Aussage oberflächlich und ungenau. Ich hätte nur allzuleicht auf den Gedanken verfallen können, daß es Matthews Aufgabe sei, mich glücklich zu machen. Seine Aufgabe war es, er selbst zu sein, eine vollständige Person, mit mir oder ohne mich, so wie es die meine war, mein Leben zu leben. Nur auf dieser Grundlage kann so etwas wie Liebe entstehen.

64

Ich bin zu der Überzeugung gelangt, daß es sich bei der Liebe nicht so sehr um ein Ereignis wie um eine Veranlagung handelt, also nicht um etwas, was von anderen ausgeht, sondern um etwas, das zu verströmen in unserer Macht liegt. Wir verdienen die Art und das Maß an Liebe, das wir bekommen, aber nicht im moralisierenden Sinn, sondern durch die Beschaffenheit unseres Wesens. Die einzigen, die es wert sind, geliebt zu werden, sind die, die entschlossen sind, das Leben schön zu finden, egal, ob man sie liebt oder nicht. Die völlig haltlose Annahme, daß die Liebe dadurch intensiviert wird, daß man jemand anderen mit seinem eigenen Glücksgefühl überschüttet, ist reine Drückebergerei. Emerson behauptete, Gott ließe jedem verständigen Menschen die Wahl zwischen Wahrheit und Unbehelligtsein. Vor die gleiche Wahl ist man zwischen Liebe und Faulheit gestellt.

So wie die Dinge liegen, begegnen wir einander und heiraten, lange bevor wir eine vollentwickelte Persönlichkeit sind, was aber keine Entschuldigung dafür sein kann, unfertig zu bleiben. Wir lieben diejenigen am meisten, die uns dazu bringen, eine, wie auch immer geartete, in uns schlummernde Größe zu entfalten, aber nicht die, die uns dazu bewegen wollen, darauf zu verzichten. Denke daran, wie es vorher war, wie du ständig etwas verströmt hast; und ergänze diesen Vorrat aus den gleichen Quellen wie vor eurer Begegnung, denn das war es, was dir die Liebe ins Haus gebracht hat.

In einer Ehe wird oft versucht, das Leben so gut wie möglich zum Stillstand zu bringen, weil man eine Garantie für etwas haben möchte, wofür es keine gibt: nämlich weiterhin in gleicher Weise zu fühlen. Ewige Liebe zu schwören wäre genauso wie zu versprechen, irgendein anderes Gefühl wie Angst oder Sorge, Bewunderung oder Freude für immer und ewig zu empfinden. Einige große Geister behaupten, daß gerade die Tatsache, daß dies nicht möglich ist, Ursache und Grund dafür ist, daß es die Ehe überhaupt gibt, da sie für die nötige Stabilität sorgt, wenn die Liebe entschwunden ist. Ich halte dies für eine trübe und fragwürdige Aussicht, weil sie die Liebe zu einer Art Bankfeiertag macht. Was man schwören kann, ist, weiterhin wert zu sein, geliebt zu werden, ein Schwur, der eher den Umständen gerecht wird, eher zu halten ist und eher der Wahrheit entspricht.

Eine Liebesbeziehung, die gut funktioniert, kennt auch Phasen der Langeweile und des Streites, genau wie eine Ehe, aber hier besitzt jede Seite der Beziehung ein Refugium, geographischer wie auch emotionaler Art, wohin sie sich wenden kann. Beide Partner können sich dadurch Kraft und Würde bewahren, und es kommt nicht zu dieser fürchterlichen gegenseitigen Zermürbung der Persönlichkeiten. Wenn ein Mann und seine Geliebte nach einem ernstzunehmenden Bruch wieder zueinanderfinden, so ist dies keine Versöhnung, sondern eine Neubegegnung auf einer anderen Ebene. So gesehen ist es ähnlich wie bei einer guten Freundschaft zwischen zwei Männern, die sich gelegentlich zwar streiten und dann ihrer eigenen Wege gehen, sich aber danach als Menschen, die sich weiterentwickelt haben, wieder begegnen.

Matthew und ich waren einmal ein paar Monate entzweit, zwar nicht so sehr, daß wir uns richtig getrennt hätten, jedoch war die sonst prickelnde Atmosphäre zwischen uns verraucht. Wir grämten uns beide, und ich machte mir sämtliche Vorwürfe, die man nolens volens in dieser sittenstrengen Welt aufschnappt, und suchte Zuflucht im zweifelhaften Informationsgehalt von Allerweltsweisheiten. Wenn du verheiratet gewesen wärst, fing mein närrisches Herz an – aber mein Verstand sträubte sich. Es wäre sowieso passiert, und wahrscheinlich sogar noch eher. Wie konnte ich mir nur von so einem lächerlichen Kummer meinen gesunden

Menschenverstand und mein Glück rauben lassen? Das, was zwischen uns gewesen war, konnte uns niemand nehmen; und nur weil es vergänglich war, wie alles andere auf Erden, war es nicht weniger wert. Ich würde es, ohne auch nur eine Sekunde lang zu zögern, wieder genauso machen. Als mir das klargeworden war, schien mir die Welt wieder zu grünen, und noch am gleichen Tag rief Matthew mich an, um mich zu fragen, ob ich Zeit hätte, mit ihm zum Essen zu gehen. Wir gingen in ein kleines französisches Restaurant, einen Familienbetrieb, und beim ersten Glas Wein sah er mir in die Augen und sagte: ›Auf ein schönes Jahr für uns beide.‹

Bis zu diesem Augenblick hatte ich gar nicht daran gedacht, daß heute für uns ein Jahrestag war, und auch nicht gewußt, ob es von seiner oder meiner Seite aus noch weitergehen würde. Wir lächelten uns an, unsere Gedanken waren die gleichen.

Wenn die Liebe etwas Schöpferisches ist, so kann sie aus ebendiesem Grund genausowenig ein Dauerzustand sein, wie auch ein genialer Verstand nicht Stunde um Stunde mit Hochdruck arbeiten kann. Jede schöpferische Kraft kennt Winter und Sommer, Aussaat und Ernte und dazwischen eine Zeitspanne, um zu reifen. Die Liebe trägt tausend verschiedene Masken, in der eigentlichen Form von *persona*, dabei handelt es sich um eine Art von Ausloten, das aber absolut nichts mit Falschheit zu tun hat, denn sie ist, wie jeder Gott, in der Lage, eine andere Gestalt anzunehmen. ›Manchmal ist sie‹, wie Martin Buber sagte, ›wie ein sanfter Hauch und manchmal wie ein Ringkampf.‹ Buber war klar, daß es sich bei der Liebe um ein Kommen und Gehen handelt und nicht um eine unaufhörliche Gegenwärtigkeit. Er verwendete das Wort ›Sichnahekommen‹, um damit die echte Begegnung zu kennzeichnen, da man mit diesem Wort Bewegung assoziiert, ein Vorrücken und Zurückweichen. Man zieht sich immer wieder in sich selbst zurück, dreht sich um und tritt dem anderen von neuem gegenüber, denn beides ist wunderbar, und beides ist wichtig.

Will man die Ehe aus ihrem alten Fahrwasser befreien, so muß man dafür sorgen, daß Ehefrauen über eigenes – ihnen rechtmäßig zustehendes – Geld verfügen können; gemeint ist damit Geld, das sie selbst erarbeitet haben. Nur Sklaven und ganz kleine Kinder besitzen keine Einnahmequelle. Wir pumpen Abermillionen von Dollar in bettelarme Länder, weil wir wissen, daß Armut auf Dauer die Seele zermürbt, aber eine amerikanische Ehefrau kann warten, bis sie schwarz wird. Sie darf zwar den Löwenanteil des Volksvermögens ausgeben, tut dies aber nur geduldetermaßen, was je nach Ehemann äußerst verschieden ausfällt. Und auch wenn dem nicht so wäre, Duldung wäre es allemal. Ohne Geldmittel, die eindeutig ihr gehören, kann eine Ehefrau nicht unabhängig handeln; und genau das ist es, was echte Freiheit bedeutet. Nichts erstickt das Selbstwertgefühl schneller als die ohnmächtige Feststellung, nicht auch nur einen kleinen Teil seiner Träume verwirklichen zu können. Wo die Macht zum Handeln fehlt, sind Gleichberechtigung und Bildung nur leere Worte.

Heutzutage kann eine Ehefrau mit Billigung und Ermunterung durch die Gesellschaft ein Leben des Konsums von Gütern und Dienstleistungen führen, ohne allzuviel dafür leisten zu müssen – das typische Bild einer Neurose. O ja, es mögen ihr schon kleinere Pflichten aufgebürdet werden, doch die sind meist physischer Natur, wie ihre körperliche Anwesenheit im Bett, auf Parties oder wenn die Kinder aus der Schule nach Hause kommen. Und diese Aufgaben sind allesamt negativer Art, da sie allein auf Bedarf ausgerichtet sind. Ist keiner da zum Abendessen, so braucht sie auch keines zu machen. Durch eine seltsame Verkehrung der Rollen

ist sie diejenige, die gekauft und bezahlt wird; einer Geliebten bleibt mehr Würde, und das Schicksal meint es besser
mit ihr.

Die Tage der ausgehaltenen Frau sind für immer vorbei.
Eine Geliebte muß sich in der Regel ihren Lebensunterhalt
selbst verdienen, und sie würde es auch gar nicht anders wollen. Dies ermöglicht es ihr, ihr eigener Herr zu sein, und verleiht ihr das Ansehen einer Person, die in der Lage ist, unabhängig von anderen zu überleben, was ein anerkanntes
Lebensziel ist und bei Erwachsenen äußerst anziehend
wirkt: abhängig zu sein ist, wie auch immer man es dreht und
wendet, einfach nicht erwachsen. Überdies läßt sie das auch
gar nicht erst in den Verdacht kommen, aus Gewinnsucht
taktieren zu müssen, was der Liebe sehr abträglich wäre. Es
ist geradezu erschütternd, wie viele Ehefrauen das Schum-
meln für eine wichtige häusliche Fertigkeit halten, doch wer
weiß schon, wozu man sich herablassen würde, wenn man
kein eigenes Einkommen hätte? Ich hatte es immer, auch
während meiner Ehe, daher fällt es mir schwer, mich in eine
solche Lage hineinzuversetzen. Ich will damit nicht sagen,
daß das Thema Geld völlig an Bedeutung verliert, wenn die
Frau selbst auch über Geld verfügt. In jeder menschlichen
Gesellschaft spielt das Geld eine gewisse Rolle, angefangen

bei Schuljungen, die sich auf dem Nachhauseweg Süßigkeiten kaufen, bis hin zu Außenministern bei einer Konferenz; etwas anderes zu behaupten, wäre himmelschreiender Blödsinn. Was ich aber tatsächlich sagen will, ist, daß eine allzu große finanzielle Diskrepanz einer ungezwungenen Beziehung ziemlich hinderlich ist, da sie sie zwingt, sich mit dem zu begnügen, was sich der ärmere Partner leisten kann, oder diesen zu einem Parasiten macht.

Ovid schon wies darauf hin, daß Eros ein nackter Cherub war, ohne Taschen in seiner Haut, die er mit Gewinn hätte vollstopfen können. Es macht einem doch besonders viel Freude, wenn man einem Mann ein Geschenk kaufen kann, und zwar mit Geld, das nicht auf die eine oder andere Weise von ihm kam. Dies entspricht einer Polarität der Geschlechter, die über juristische oder soziale ›Gleichheit‹ hinausgeht, einer kreativen Spannung, wobei zwar jeder ein Ganzes ist, aber durch den anderen noch dazu gewinnt. Es würde mir nicht im Traum einfallen zu heiraten, ohne genau geregelt zu haben, wieviel Geld mir zu meiner eigenen Verfügung steht. Es gibt bestimmt ein Dutzend praktikabler Lösungen; alles, was man dazu braucht, ist etwas Phantasie und die felsenfeste Überzeugung, daß es geht.

Verfügt ein Mann, wenn er heiratet, über Vermögen oder

Besitz, kann er seiner Frau eine angemessene Summe überschreiben, die nur ihr allein gehören soll. Ein berühmter reicher Mann schenkte einmal seiner frischgebackenen Ehefrau eine Million Dollar und sagte zu ihr in ernstem Ton: ›Das ist jetzt dein Kapital, du verwaltest es. Ich will damit nichts zu tun haben, und erzähle mir auch nicht, was du damit machst.‹ Da er seinen sagenhaften Reichtum selbst erarbeitet hatte, wußte er, daß Geld nicht nur Freiheit bedeutet, sondern dem, der es besitzt, Urteilsvermögen und Überlegung abverlangt und dazu zwingt, seine Persönlichkeit weiterzuentwickeln. Die meisten Paare bewegen sich nicht in derart schwindelerregenden Höhen, aber das gute am Geld ist, daß die Grundprinzipien immer die gleichen sind, egal ob es sich dabei um fünfhundert oder fünfhundert Millionen Dollar handelt.

Eine Ehefrau kann auch ein wie auch immer bescheidenes Taschengeld bekommen, für das sie niemandem Rechenschaft schuldig ist. Dies ist kein Geschenk; es ist voll und ganz selbst verdient. Im Normalfall ist es wohl so, daß die Ehefrau arbeitet, wenn vielleicht auch nur halbtags, und ihr Einkommen dem Haushalt, dem Verdienst des Ehemannes und so weiter entsprechend verwendet. Ich kenne eine Ehefrau, die Studenten, Bankdirektoren und Angestellten einer

Ölfirma Unterricht in Spanisch gibt, ohne dabei das Haus verlassen zu müssen, und so in jedem Jahr ihrer Ehe zwischen drei- und siebentausend Dollar verdient hat. Einen Teil davon hat sie für Reisen, allein oder mit einer Freundin, ausgegeben und um, solange die Kinder klein waren, eine Haushälterin anzustellen, während sie verreist war.

Ein sehr junges Paar in meinem Bekanntenkreis war ohne Vermögen, und die Frau arbeitete auch nicht, aber sie verstand eine Menge vom An- und Verkauf von Grund und Boden. Ihr Ehemann, der eine Stellung hatte, erklärte sich bereit, bei der Bank für sie zu bürgen; das war sein Beitrag zu ihren Bemühungen, Geld zu verdienen. Sie verwendete den Kredit dazu, ein Grundstück zu kaufen, welches sie mit einem schönen Gewinn weiterverkaufte. Von da an unterschrieb sie ihre Schuldscheine nur noch selbst. Der Methoden gibt es viele, und um der Vorteile willen, die man davon hat, lohnt es sich, eine, die einem liegt, zu suchen oder zu erfinden. Eine Geliebte ist von Anfang an mit diesen Vorteilen gesegnet. Ob reich oder arm, sie ist niemandem verpflichtet, und angesichts dessen, was das für ihre Beziehung bringt, habe ich mich schon oft gefragt, ob es Männern nicht ein persönliches Bedürfnis ist, mit Frauen auf der gleichen Ebene zu verkehren. Mir scheint darin ein angeborenes Gefühl für das, was richtig ist, zu liegen, ganz abgesehen von dem, was Demokratie und Fair play bedeuten.

Was außer dem Geld hierbei noch von Bedeutung ist, sind die anderen Leute. Die Notwendigkeit, sich ihren Lebensunterhalt selbst verdienen zu müssen, verschafft einer Geliebten den Umgang mit den verschiedensten Arten von Menschen, sowohl im beruflichen wie auch privaten Kreis, wohingegen sich eine Ehefrau, vor allem in den Randbezirken einer Stadt, auf andere Ehefrauen beschränkt, ähnlich einem Musiker, der nur ein einziges Stück spielen kann. Ihr weiterer Bekanntenkreis rekrutiert sich aus Kaufleuten, Lehrern und einer Meute von Nachbarskindern, deren einziger Vorteil es ist, daß es sich nicht um ihren eigenen Nachwuchs handelt. Das hat aber noch nichts mit Kennen zu tun.

Das, wovon ich spreche, ist ein gewisses Maß an Erfahrung, an Kenntnis, im kleinen zwar, dafür aber um so echter, dessen, was es bedeutet, schwarz oder weiß, ein verkrüppeltes oder ein ausgesprochen begabtes Kind zu sein, ein Jude, ein Dichter, ein Indianer, ein Alkoholiker, ein Manager, ein Student, ein Polizist, eine Gräfin, ein Lastwagenfahrer, ein Baseball-Spieler – oder eine Unmenge anders gearteter Leute; von einer Bereitschaft Kenntnis zu nehmen, auch wenn es schmerzt; sich zu kümmern; davon, wissend zu empfinden, im Gegensatz zu bloßem Tolerieren.

Es ist zwar nur eine Begleiterscheinung, aber dennoch Tatsache, daß einem aus dieser Art von Kenntnis Farbigkeit und Lebendigkeit zufließt. Von wesentlich größerer Bedeutung aber ist, daß man sich dadurch angewöhnt, durch ein völlig anderes Fenster, ein anderes Paar Augen, nach drinnen und nach draußen zu blicken; daß man tatsächlich einen Augenblick lang – mehr ist es leider nie – an einem anderen Leben teilhat. Das ist es, was Liebe bedeutet, oder ich verstehe davon überhaupt nichts.

Von meiner frühesten Jugend an wurde ich mit China und der chinesischen Lebensart vertraut gemacht und habe mich stets in gewisser Weise seiner Kultur zugetan gefühlt – dem Essen, der Dichtkunst, der Philosophie, der Sprache, obwohl ich darin bei weitem kein Gelehrter bin. Eines Tages, während des Zweiten Weltkrieges, aß ich mit Matthew, der im Rang eines Fregattenkapitäns bei der Marine stand und, obwohl sich seine Arbeit hauptsächlich am Schreibtisch und im Flugzeug abspielte, gern Uniform trug, in der Chinatown von San Francisco zu Mittag. Es war an einem jener kobaltblauen Frühsommertage, und als wir hinaus auf die

Sacramento Street traten, begegneten wir einem Generalleutnant des chinesischen Militärs in Begleitung eines anderen Mannes in Zivil. Der General war gut 1,80 m groß, sehr schlank und trug sein Käppi und seine roten Kragenabzeichen so, als wäre er damit schon geboren worden, was ich ihm aber nicht abnahm, denn in seinem Gesichtsausdruck lag zuviel Schmerz. Matthew salutierte sofort, und der General erwiderte dies mit militärischer Akkuratesse, die dennoch Menschlichkeit durchscheinen ließ; es war ein Gruß, der dem Mann galt, nicht nur der Uniform. Dann richtete er seinen Blick geradewegs auf mich und verbeugte sich mit einer in viertausend Jahren gewachsenen Höflichkeit, nahezu ohne im Gehen innezuhalten. Dies verlangte von mir eine gleichermaßen würdevolle Erwiderung, und auch ich verbeugte mich nach fernöstlicher Manier, was bei irgendeinem anderen Anlaß reines Theater gewesen wäre; ich war selbst ganz überrascht, daß ich überhaupt wußte wie. Es war, als würde man Rembrandt oder Shakespeare persönlich begegnen – nein, wohl doch nicht, denn der Geist dieser Männer war mir wenigstens ein bißchen vertraut; dieser Chinese war mir gänzlich fremd und doch, einen Augenblick lang, absolut bekannt. Ich sah, was er gerade sah, mitsamt der Frau, die auf der Straße an ihm vorbeiging und zu der, schon in der nächsten Sekunde, ich wieder werden würde.

Dies war ein Sichnahekommen in Bubers besonderer Verwendung des Wortes. Für den Bruchteil einer Sekunde waren wir uns über unüberwindliche Schranken hinweg begegnet, hatten uns erkannt und gegenseitig Achtung gezollt – und geliebt – und es dabei bewenden lassen; der Eindruck, den dies hinterlassen hat, wird fortbestehen, solange einer von uns lebt. Matthew und ich gingen schweigend weiter, denn auch ihm war klar und er respektierte, was sich zugetragen hatte, und war, ebenso wie ich, froh darüber, es miterlebt zu haben. So etwas hat nichts mit Begehrlichkeit oder Eitelkeit zu tun, man ist nur einfach froh darüber, daß es das gibt. Als wir schließlich das Schweigen brachen, sprachen wir über einen Gegenstand in einem der Schaufenster.

Wenn sie besonders töricht ist, kann es vorkommen, daß eine Geliebte sich beklagt oder neugierig herumschnüffelt oder weint, aber eine Dummheit, die sie nie begehen wird, ist, in einen Konkurrenzkampf mit dem Mann an ihrer Seite zu treten; und übrigens auch nicht mit anderen Männern. Sie hat es, einfach gesagt, nicht nötig; dazu steht sie viel zu sehr ihre eigene Frau. Was immer auch ihr gesellschaftlicher

78

Status sein mag, er entspringt nicht ihrer Verbindung mit ihm. Er rührt von ihrer eigenen Arbeit her oder von ihrer Schönheit, ihren hervorragenden gastgeberischen Fähigkeiten oder ihrer Gastfreundschaft, so daß jegliches Lob, das sie verdient, nicht auf seine Kosten geht. Genausowenig läßt das Barometer seines Geschicks das ihre steigen oder fallen. Ihr Herz kann davon in Mitleidenschaft gezogen werden, ihre Stellung aber nicht, denn die ist entweder nicht bekannt, oder sie wird zumindest nicht eingestanden. Dies, wenn die Gesellschaft das nur wüßte, befreit sie eigenartigerweise von gewissen Zwängen. Eine Geliebte kann, viel eher als andere Frauen, ihr Liebesleben und ihr Eigenleben voneinander getrennt halten, und sie sieht in beiden, so wie dies im allgemeinen Männer tun, nur Teilbereiche ihrer Gesamtheit als Person. Darüber hinaus hat sie vollstes Verständnis dafür, daß ein Mann genauso empfindet. Vielleicht ist sie auf seine Ehefrau eifersüchtig, kaum aber auf seine Arbeit oder das, was er im Leben erreicht hat. Daß dies ihr weder seine Gedanken noch sein Herz streitig macht, weiß sie aus ihren eigenen Erfahrungen, und aller Wahrscheinlichkeit nach würde ihr an einem Mann, der sich für sein Arbeitsgebiet nicht besonders interessiert, sowieso nichts liegen. Das trifft auch andersherum zu: Die zur Gänze verwirklichte Persönlichkeit ist es, die anziehend macht, und reife Menschen streben auch nichts weniger an als das. Eine Geliebte stellt innerhalb weniger Wochen fest, daß die Liebe sich gegen den Rest der Welt behaupten muß, und kann sie dies nicht, ist sie nur ein Trugbild, und sie tut gut daran, dies so bald wie möglich zu erkennen. Keine Frau, die eine wirkliche Frau ist, möchte, daß sich ein Mann nur noch ausschließlich mit ihr beschäftigt. Ein Verstand kann nicht in völliger Isolation arbeiten, nicht einmal der des Mönchs, des Künstlers, des Denkers, und der des Geliebten noch weniger; er funktioniert wie eine Kettenreaktion und braucht das Bombardement der Gedanken anderer. Ein gesunder Organismus sucht sich die Erfahrungen, die er braucht, um zu wachsen; nur diejenigen, die nicht bereit sind, zu suchen, versauern.

Das ist auch der Grund dafür, daß es mit der pflichtschuldigen Einrichtung eines freien Donnerstagnachmittags für die Ehefrau nicht getan ist. Ein Einkaufsbummel oder ein Mittagessen mit einer Freundin in der Stadt oder ein Besuch in der ortsansässigen Nudelfabrik ist reine Beschäftigungstherapie. Die ›aushäusigen Betätigungsfelder‹, die von Eheberatern und Psychiatern gutgeheißen werden, sind vor allem: draußen, belanglos und nutzlos, und Frauen sind nicht so dumm, daß sie dies nicht merken würden. Das, wonach der Geist verlangt, ist ernstzunehmende Arbeit, die allein ihm das Risiko, die Belohnung und die neue Erfahrung verschaffen kann, die ein lebendiger Geist braucht, um nicht zugrunde zu gehen. Nur um ihrer selbst willen angestrebt, werden diese Lebensqualitäten zum Dilettantismus herabgewürdigt.

Eine Geliebte muß sich dieses Wissen nicht erst mühsam aneignen; nicht weil sie von Natur aus klüger wäre als eine Ehefrau, sondern weil ihre Lebensumstände sie dies lehren. Sollte sie einmal nicht daran denken, so läuft sie Gefahr, ziemlich deutlich daran erinnert zu werden. Sie ist auf sich selbst gestellt und muß des öfteren selbst für ihre Unterhaltung sorgen, was ihr Zeit gibt, zu lesen, nachzudenken und ihren eigenen Freizeitbeschäftigungen nachzugehen. Bald schon empfindet sie dies nicht nur als angenehm, sondern verteidigt es mit aller ihrem Selbsterhaltungstrieb zu Gebote stehenden Kraft. Der überwältigende Segen der Liebe liegt nicht in einer anderen Person, sondern in einem selbst, im plötzlichen Erkennen, im Erlangen der eigenen Vollständigkeit und im Ausschöpfen aller einem gegebenen Fähigkeiten. Sogar das, was wir im anderen sehen, ist in gewisser Weise ein Teil von uns. Manchmal glaube ich, wir verlieben uns in die Art von Männern, die wir wären, wenn wir Männer wären. Sie sind unser anderes, nicht zum Vorschein getretenes Selbst, die Mann-Seite in uns, so wie wir ihre Frau-Seite sind, ihre Zärtlichkeit und Empfindsamkeit. Dies erklärt auch, warum wir uns so vollständig fühlen, wenn wir lieben. Mag es so ›anders‹ sein, wie es will.

Wenn eine junge Ehefrau mit ihrem Mann in eine Meinungsverschiedenheit oder einen Streit über seine Ansichten gerät, geschieht es leicht, daß sie sich eingeschüchtert oder unloyal vorkommt. Sie fühlt sich genötigt, ihre eigene Meinung zu verleugnen oder zu vertuschen, was aber zu nichts Gutem führt, denn sie wird letztendlich auf anderem Wege zutage treten. Ganz offensichtlich muß es zwischen Menschen, die sich lieben, eine große Wesensverwandtschaft geben, die aber nicht in jeder Einzelheit gegeben sein muß. Zwei können nicht eins sein; es wäre unserer westlichen Art von Ehe äußerst zuträglich, wenn sie sich dieses falschen Ideals entledigen würde. Ohne Unterscheidung, ohne einen gewissen räumlichen Abstand des Geistes ist keine Beziehung, kein Geben und Nehmen möglich. Das ist etwas so Wahres und Natürliches, daß wir, wenn kein ›anderer‹ vorhanden ist, ihn uns im Selbstgespräch erschaffen. Fast alles Denken ist Zwiesprache, ist ein innerlicher Dialog. Deshalb ersticken auch eine besitzergreifende Art und der Versuch, dem anderen völlige Übereinstimmung abzufordern, die Liebe: es läuft ihr zuwider, rüttelt an dem Unterschied, dem Anderssein, das Liebe erst möglich macht.

Der Funke der Anziehungskraft kann bei fast jeder Gelegenheit aufblitzen, die Liebe wird jedoch nicht von Dauer sein, wenn es keine Selbsts gibt, keine Pole, zwischen denen der Funke hin und her wechseln kann. Anode und Kathode, Yin und Yang, Riposte, Kontrapunkt, Spannung: so einfach ist das. ›Ich will dich fragen, lehre mich.‹ Die ersten beiden Male, als diese Forderung herabgeschleudert wurde, war es Gott, der sie an Hiob richtete. Beim dritten Mal wandte Hiob sich um und richtete diese Forderung an Gott. Von nun an war er aus seiner mißlichen Lage befreit. Es wäre denkbar, daß Gott geschmunzelt hat.

Sex (ualität)

*E*s widerstrebt mir, über Sex zu schreiben. Es bereitet mir Unbehagen. Ich weiß natürlich, daß man in der Lage sein sollte, wie mit jedem anderen Thema auch, damit umzugehen, aber das ändert nichts an der Tatsache, daß Sex eben doch nicht ein Thema wie jedes andere ist. Es ist ein ganz eigenes, explosives, vielschichtiges, provozierendes und sehr nahegehendes, was es meiner Meinung nach auch sein sollte. Die Sexualität wurde von den Versuchen, sie zu erklären, schwer mitgenommen, und zwar nicht weil diejenigen, die sie zu ergründen versuchen, mutwillig damit umgingen, sondern weil es gefährlich und irreführend ist, etwas, was der Natur der Sache nach im Verborgenen angesiedelt ist, zu sehr ans Tageslicht zu zerren. Es ist wie mit dem Atom: In dem Moment, in dem man es genauer betrachtet, bewegt es sich, was zur Folge hat, daß das, was man so gründlich untersuchen will, nicht mehr dasselbe ist wie das, was man vor sich hat. Wie auch schon Wissenschaftler bei allergenauester Verfahrensweise feststellen mußten, ist der Beobachter eben doch keine unbeteiligte Maschine; ob es einem paßt oder nicht, die eigenen Sinne sind nun mal mit daran beteiligt, und das, was man sieht, wird durch die Beziehung ebendieser Sinne zu den Dingen, die man erforschen will, bestimmt. Die einzige Möglichkeit, einen absolut unbeteiligten Standpunkt einzunehmen, wäre tot zu sein, aber was gäbe man dann für einen schlechten Beobachter ab.

Die Fähigkeit, die Sexualität zu begreifen, entsteht, wie das Verständnis für irgendwelche anderen Vorgänge auch, durch eine Reihe von Gedankensprüngen, die nicht einmal von einer noch so großen Menge an Fakten ausgelöst werden könnten. Man kann Eros nicht ins Kreuzverhör nehmen, er verwandelt sich sofort in seinen Bruder Quecksilber und rinnt einem durch die Finger. Im Zen-Buddhismus heißt es, wenn man seine Hände und Füße dadurch finden wollte, daß man die Nachbarn danach fragt, dann sei das Vorhaben von vornherein zum Scheitern verurteilt. Und dennoch – wer kann schon über die Liebe schreiben und den Sex nur als einen Zusatz abhandeln oder etwa ganz übergehen? Sex ist Liebe und auch wieder nicht, genauso wie Geld einerseits Reichtum und andererseits auch wieder nicht bedeutet. So wage ich mich denn, mit dem tausendfachen

Wunsch im Herzen, ganz woanders zu sein, aufs Glatteis. Nimm nichts von dem, was ich sage, in dir auf, wenn es nicht in irgendeine Mulde oder Nische paßt, die deine eigene Veranlagung geschaffen hat. Hilf mir soweit, mir, dir und unserem quecksilbrigen Thema gerecht zu werden.

Früher war es so, daß die unverheirateten Frauen von ihren verheirateten Schwestern vor den Realitäten der körperlichen Liebe, sowohl was Einzelheiten als auch Auswirkungen betraf, abgeschirmt wurden. Heutzutage scheint sich die Lage irgendwie ins Gegenteil verkehrt zu haben. Die Ehefrauen sind die Naiven, ja nahezu Unwissenden. Oft sind sie es, die ärmer an Erfahrungen sind, und sie merken es nicht einmal. Sie begnügen sich mit ein paar Bruchstücken der Freudschen Psychologietheorie als Garanten dafür, daß es sich bei der Sexualität um einen feststehenden Sachverhalt, anstatt um eine fortgesetzte zwischenmenschliche Beziehung handelt, die sich entwickelt, wandelt und wächst. Falls sie sich überhaupt die Mühe machen, darüber nachzudenken, bilden sie sich ein, daß zwischen Sex mit Vierzig und mit Zwanzig kein Unterschied besteht, und das ist natürlich Unsinn. Das, was Freud erhellen wollte, war allerdings weniger die Sexualität als die Unreife. Gelingt es einem nicht, erwachsen zu werden, so wird sich dieses Scheitern in allen

Lebensbereichen manifestieren, einschließlich dem der Sexualität. Daraus läßt sich aber nicht schließen, daß eine unausgegorene Sexualität etwas Natürlicheres oder Ursprünglicheres wäre als eine unausgereifte Art, zu sprechen oder zu essen. Bloß weil man lesen kann, muß man sich nicht in der großen Literatur auskennen.

Vor etwa dreißig Jahren bat mich eine Frau, die ich in erster Linie vom Büro her kannte, mit ihr zum Abendessen zu gehen. Sie war damals Mitte Dreißig, mindestens zehn Jahre jünger als ich und nicht verheiratet. Seit der High-School war sie die einzige Stütze ihrer Mutter gewesen, die kürzlich erst verstorben war. Das, was sie von mir wissen wollte, war meine Meinung dazu, eine Beziehung einzugehen, die keine Aussicht auf Heirat versprach.

›Ich weiß, daß es kindisch ist, so etwas überhaupt zu fragen‹, sagte sie, ›aber sehen Sie, darin liegt schon ein Teil meiner Schwierigkeiten. Allzu viele meiner Gefühle sind kindischer Natur. Ich habe ihnen nie etwas gegeben, woran sie hätten wachsen können. Ganz abgesehen davon fürchte ich, daß mir in meinem Alter Unschuld genausowenig zu Gesicht steht, wie Schleifchen im Haar oder Söckchen es tun würden.‹

Ich war entzückt. ›Meine Liebe, wenn Sie in der Lage sind, so etwas zu sagen, dann haben Sie meinen Rat wirklich nicht nötig. Damit sind Sie der Intelligenz, die die meisten verheirateten Frauen, die ich kenne, in puncto Sexualität an den Tag legen, haushoch überlegen. Dazu kann ich nur noch sagen, daß ich mich auf einen derart sicheren Instinkt getrost verlassen würde, wenn ich Sie wäre.‹

Einige Wochen später fand ich, als ich vom Mittagessen zurückkam, auf meinem Schreibtisch eine einzelne, zartrosa Kamelienblüte und eine Karte vor, auf der nur das Wort ›Danke‹ stand. Ich traf die junge Frau danach weiterhin sowohl im Büro als auch privat, aber dieses Thema wurde nie wieder erwähnt. Es war auf beiden Seiten eine Frage der einfachsten Regeln des guten Benehmens. Sich ohne falsche Scham zu unterhalten, wenn dazu Anlaß besteht, heißt, frei von überholten Tabus zu sein, überflüssiges Geschwätz jedoch zeugt nicht nur von schlechtem Geschmack, sondern ist einfach nur unsinnig. Wenn man etwas erst aussprechen muß, um sicherzugehen, daß es wunderbar war, dann war es dies wahrscheinlich gar nicht. Es ist wirklich schlimm, wenn man den Leuten nicht beibringt, daß es so etwas wie Etikette auch beim Thema Sex gibt.

Manchmal sprechen junge Mädchen mit mir über Sexualität, und wenn ich sie dann, was ich immer tue, sofern ich ihre Familien kenne, frage: ›Hast du darüber schon mit deiner Mutter gesprochen?‹, sind sie ganz entsetzt. ›Das könnte ich nie‹, antworten sie meistens. ›Mutter ist ein Schatz, und sie hat mir auch das Notwendigste beigebracht, aber vom wirklichen Leben versteht sie überhaupt nichts. Wie könnte sie auch? Gleich nach dem College hat sie Papi geheiratet und nie wieder einen anderen Mann angeschaut.‹

Ich hätte ihre Großmutter sein können, und bei so viel Torheit in all der Offenherzigkeit verschlägt es mir die Sprache. Ich kann daraus nur schließen, daß wir über diese Dinge weit besser Bescheid wußten als die heutigen zuviel informierten, aber zuwenig kritischen Generationen. Sie trauen ihren eigenen Sinnen nicht, wenn diese nicht mit dem Gütesiegel irgendeiner Autorität versehen sind. Wonach sie suchen, ist weder Sex noch Liebe, sondern die Absicherung ihrer Empfindungen. Wir waren zwar schlechter informiert, uns aber dennoch unserer eigenen Emotionen, sogar unserer Körper viel mehr bewußt. Man hatte ja den besten Anschauungsstoff in greifbarer Nähe; wer wollte ihn da schon aus zweiter Hand? So wie auch bei Christopher Morleys geistreicher Heldin Kitty Foyle war unser Inneres mit Vierzehn damit beschäftigt, die verschiedenartigsten Informationen miteinander in Einklang zu bringen. Wie Kitty sich ausdrückte: ›Es ist irgendwie süß, dieses Nicht-Wissen. Keiner kann's dir erklären, bis du nicht dafür bereit bist, und 's gibt sowieso verdammt wenige, die dir überhaupt was über all die ulkigen kleinen Einzelheiten, die wir wissen müssen, erzählen … Was ist das erste, das Leute, die sich lieben, machen? Sie erfinden ihre eigene Sprache, die kein anderer verstehen kann … Sobald du anfängst, dir über Bedeutungen den Kopf zu zerbrechen, hast du dieses Etwas in dir, das sie dich hat verstehen lassen, verloren.‹ Darin steckt mehr gesunder Menschenverstand und echte Information als in vielen Lehrbüchern.

Zu der Zeit, als ich ein junges Mädchen war, sollten anständige Frauen eigentlich keinen Spaß am Sex empfinden, das war aber nur der offizielle Standpunkt. Das, was sie sollten, und das, was sie taten, waren zwei völlig verschiedene Dinge. Die Mutter gab es an die Tochter weiter, wie es sich wirklich verhielt. Meine Mutter, die bereits über Hundert wäre, würde sie heute noch leben, gab mir, ohne großes Aufheben, einen Spruch mit auf den Weg, der schon alt war, als ihre Mutter ihn 1890 zu ihr sagte: ›Du wirst einen Mann nie wirklich kennen, bevor du nicht an seinem Tisch gegessen und in seinem Bett geschlafen hast.‹ Meine Familie war zwar fürsorglich behütend, wie es nur der konservative Mittelstand sein kann, aber auf die Idee, daß dies für die Ohren eines jungen, weiblichen Wesens zu unverblümt sein könnte, ist sie nie gekommen.

Überdies bin ich der Meinung, daß der offizielle Standpunkt bereits von Ehemann zu Ehefrau untergraben wurde. Schon als noch ziemlich kleines Kind fiel mir manchmal ein Blickwechsel zwischen meinen Eltern auf, der nicht zu mißverstehen war. Ich hätte ihn zwar nicht irgendwelchen Vorkommnissen zuordnen können, aber mir war völlig klar, daß es einen geheimen Zauber zwischen Mann und Frau gab, der eines Tages auch mir eigen sein würde. Meine Mutter hätte nicht im Traum daran gedacht, uns den Geschlechtsakt im einzelnen zu erklären, nicht aus Rücksicht auf unser oder ihr Schamgefühl, sondern auf das meines Vaters; ihrem Schicklichkeitsempfinden nach tat man so etwas einem Mann einfach nicht an. Aber sie versuchte auch nicht zu vertuschen, daß es ihn gab, daß er vollzogen wurde und Kraft und Schönheit besaß. Sie lehrte uns, daß es das Vorrecht der Frau sei, eine gewisse sexuelle Spannung aufrechtzuerhalten. Sie faßte dies nie in Worte – sie wäre an ihnen erstickt –, sondern tat es durch Andeutung und Beispiel.

92

Als die mittlere von uns Schwestern ungefähr fünfzehn war und wegen einer schlimmen Erkältung zu Hause geblieben war, ertappte meine Mutter sie, wie sie in einem alten, abgetragenen Bademantel in der Küche herumwerkelte. Als sie Irene schalt, sie sehe aus wie ein schlampig zusammengebundener Kartoffelsack, hielt ihr meine Schwester entgegen: ›Aber Mami, mir geht's doch nicht gut.‹

›Und das ist auch kein Wunder‹, sagte meine Mutter in sanftem Ton. ›So wie du aussiehst, wird jedem schlecht, inklusive deinem Ehemann, falls einer so dumm sein sollte, dich zu heiraten. Komm mal mit, mein Kind.‹ Sie ging mit Irene nach oben, bürstete ihr das Haar und band es mit einem rosafarbenen Band zusammen. Dann wischte sie ihr das Gesicht mit einem in Gesichtswasser getränkten Wattebausch ab und gab auf ihre Lippen etwas farblose Pomade – eine Spur mehr wäre undenkbar gewesen. Der Stein des Anstoßes, der Bademantel, wurde zusammengerollt, um einer weiteren Verwendung als Putzlappen zugeführt zu werden, und Irene wurde in Mutters zweitbesten Morgenrock, aus gesteppter Seide, gehüllt. Sie versetzte der Nase des Mädchens einen sanften Stups mit dem Zeigefinger und sagte: ›Und jetzt sieh dich an.‹

Irene betrachtete ihr Spiegelbild in Mutters Ankleidespiegel und drehte sich mit einem strahlenden Gesicht zu ihr um. ›Mami, du hast recht! Es geht mir schon viel besser!‹ Meine Mutter lächelte sie an und sagte nichts dazu. Es war auch nicht nötig. Ich, mit Elf, sah dem Ganzen mit absoluter Ehrfurcht und dem Gefühl zu, in Geheimnisse eingeweiht zu werden, und lernte dieses eine zur gleichen Zeit begreifen wie meine Schwester.

Von Sexualunterricht als solchem halte ich gar nichts. Dabei wird fälschlicherweise Vokabular und Vokation verwechselt. Wir sind genausowenig nur Verstand oder Körper oder Geschlechtstrieb oder Krankengeschichte, wie wir nicht nur ein Mechanismus zum Atmen oder Verdauen sind: Wir sind Personen. Das, was die Sexualität am dringendsten braucht, ist nicht Unterricht, sondern Phantasie. Selbstverständlich muß man uns den biologischen Sachverhalt erklären, aber doch nicht so, als wäre das die ganze Wahrheit, und, um Himmels willen, nicht in Klassenzimmern oder Gruppen. Muß man denn noch darauf hinweisen, daß Sex etwas ausgesprochen Persönliches ist? Sexualunterricht wird unweigerlich zu Sexualtheorie, dazu, wie man sich fühlen, reagieren, denken und für die anderen empfinden ›sollte‹. Unsere eigene Sexualität steht zwar stellvertretend für die gleichen seelisch-körperlichen Voraussetzungen der anderen und ist in diesem Sinne universell, aber empfinden kann man nur sich selbst und nicht eine Theorie, egal, wie klug sie dargelegt wird. Aus der Kenntnis des durchschnittlich und allgemein Üblichen entsteht ein zwanghaftes Bedürfnis, es richtig machen zu wollen. Nichts könnte puritanischer und restriktiver sein. Kein Wunder, daß die moderne Ehe unter innerlich vergossenen Tränen leidet.

Wenn es früher das legale und abgesegnete Sexualleben war, das offiziell als so schändlich galt, daß man es verschweigen mußte, so ist es heute die Verschwiegenheit selbst, die zur Schande wurde. Vornehme Zurückhaltung ist nur verdächtig; sie sündigt wider die öffentliche Zurschaustellung, die fälschlicherweise für Freiheit gehalten wird. Ein Privatleben zu haben steht auch im Widerspruch zum Wohlfahrtsstaat. Wie kann ein Staat per Gesetz das Allerbeste für die allermeisten beschließen, wenn das Glück hartnäckig darauf besteht, nur im privaten und individuellen Bereich zu gedeihen? Wir haben zwar diese Schwelle auf politischer Ebene noch nicht überschritten, aber es besteht eine Tendenz zu gesellschaftlicher und seelischer Gleichmacherei, die die Ehe und das Geschlechtsleben, anhand von Statistiken und Tabellen für die Vorhersehbarkeit, wer zu wem paßt, unterminiert. Die Seele jedoch ist, Gott sei Dank, nicht so leicht totzukriegen, und eine Liebesaffaire ist noch immer etwas, was man für sich behalten sollte. Die Gesellschaft will nämlich nicht, daß ihr Schifflein in schwere See gerät. Manchmal habe ich das Gefühl, daß nur Liebespaare die Freiheit besitzen, zu lieben; Ehemänner und Ehefrauen werden in Rollen gezwungen, die sie zwar spielen, aber nicht mit wahrem Leben erfüllen dürfen.

In einer Gesellschaftsordnung, die immer mehr vereinheitlicht wird, wird der Sexualität nur noch eine Ausdrucksform gelassen, die Erotik, die dadurch derart überfrachtet ist, daß sie zu einer hohlen, abgedroschenen Angelegenheit wird. Früher fand die sinnlich empfundene Lebensqualität auf vielen verschiedenen Ebenen ihre Erfüllung; beim Segeln, Weben, Feuermachen, Tischlern, Kochen; dadurch, wie sich Werkzeug anfühlte; beim Zähmen und Aufziehen von Tieren, auf Reisen, die nicht in Kapseln mit Klimaanlage und auf einer Flugbahn stattfanden; beim Lesen, in wirklichen Gesprächen. Heutzutage findet das Leben hauptsächlich als Zuschauersport statt, so daß alle Sinne verkümmern, und der Spruch ›Müßiggang ist aller Laster Anfang‹ hat noch immer seine Gültigkeit. Womit gemeint ist, daß ungenützte Energien sich entladen, wo immer sie können. Für viele sind Sex und Gewalt der einzige Weg, sich von der

Masse abzuheben. Dies ist zum Teil eine Erklärung für das Verbrechen ohne Motiv; wie die Nihilisten richtig erkannten, ist, in Ermangelung anderer Formen, die Zerstörungswut auch eine Form des Handelns. So kann man, zur Verteidigung des Verbrechers, den Satz hören: ›Er hat zumindest gehandelt.‹ Und es erklärt zum Teil die Vermarktung von Sex in Filmen, Romanen und in der Werbung, die Homosexualität, den Konsum von Drogen, nur weil dies als schick gilt, die allzu früh geschlossenen Ehen und die lieblosen Gelegenheitsaffären.

Wenn meine jungen Freunde sich über Sex unterhalten, benutzen sie Worte wie ›jemandem nahe sein‹ oder ›etwas haben, was nur einem allein gehört‹, oder ›das Gefühl haben, etwas Besonderes zu sein‹. Dies verrät eine beängstigende Leere, sowohl in geistiger als auch gefühlsmäßiger Hinsicht. Es stellt den Versuch dar, dem Sex das Gefühl von Einssein und von Kontinuität abringen zu wollen, mit dem aber nur wir ihn erfüllen können. Für sich allein betrachtet ist Sex keineswegs etwas so Herrliches. Kinder, die zum ersten Mal etwas davon hören, halten ihn ganz spontan für abstoßend und lächerlich, und sie haben recht. Er erhält seine Wesenszüge erst durch uns. Erotik allein, in oder außerhalb der Ehe, kann dem Leben keinen Sinn verleihen, und die Sexualität behält nur so lange ihre Großartigkeit, solange wir sie mit Sinn erfüllen.

Es ist einfach Betrug, so zu tun, als ginge das Verständnis für die Sexualität mit den nackten Tatsachen einher. Wirkliche Sexualität zeigt sich erst in den feinen Nuancen. Die Szene, von deren Erotik ich am meisten beeindruckt war, habe ich in einem englischen Spionagefilm im Fernsehen gesehen. Der Mann, um den es dabei ging, war damit beschäftigt, sich eine einfache Mahlzeit zuzubereiten; die Frau saß in Hut und Mantel auf einem Küchenstuhl, sie war gerade hereingekommen. Es gab kein aufreizendes Geknutsche, man sah kein entblößtes Fleisch; es spielte sich alles auf der verbalen Ebene ab und sogar noch unterhalb der Oberfläche der tatsächlich gesprochenen Worte. Zwei starke Persönlichkeiten befanden sich am alles entscheidenden Punkt ihres zwar gegenseitigen, aber nie ausgesprochenen Verlangens, sich voll der übermächtigen Umstände bewußt, gebunden durch die Treue ihrem Diensteid gegenüber, durch das Risiko, wahrscheinlich andere Menschenleben zu gefährden, falls sie ihren Gefühlen folgen würden, und durch persönliche Verstrickungen. Wie das Ganze ausgehen würde, stand auf Messers Schneide, und der Zuschauer litt nicht um die beiden, sondern mit ihnen. Man selbst war derart im Innersten aufgewühlt, daß man, als die Frau leise und mit brüchiger Stimme sagte: ›Ich würde ja bleiben, wenn ich könnte‹, und ging, vor Erleichterung fast aufschrie. Eine Sekunde länger und man hätte geglaubt, der Fernseher müßte zerspringen. Diese Art von sinnlichem und geistigem Facettenschliff ist es, die der Sexualität ihren Glanz verleiht.

Solange die Sexualität für uns etwas Neues ist, beschert sie uns nicht nur Empfindungen allein, sondern läßt uns wunderbare Gefilde jenseits dieser Empfindungen erahnen, wie übrigens jede andere neue Erfahrung auch. Aber wie andere, neuerstandene Schöpfungen auch – beispielsweise eine Idee, ein Baby, eine Begabung, ein Vorhaben – bedarf sie der Entwicklung. Der selbstsichere und selbstverständliche Umgang mit der Sexualität läßt sich nicht mit Sachverstand, bei dem es sich ja nur um eine Art mechanischer Fertigkeit handelt, die nichts mit Klugheit zu tun haben muß, gleichsetzen. Empfindung und Erfahrung sind nicht das gleiche, und die konfusen Bemühungen, sie austauschbar zu machen, sind einer der traurigsten Irrtümer der heutigen Zeit. Erfahrung wird zwar immer von Gefühlen begleitet, aber nicht von ihnen verursacht. Deshalb ist auch jeder Versuch, Erfahrung durch das bloße Wiederholen der Empfindung zu erlangen, zum Scheitern verurteilt und endet in Bitter-

keit. Auf dem Gebiet der Sexualität führt dies zu einer sinn-
losen Jagd nach Befriedigung oder dazu, daß man sich teil-
nahmslos mit einer austauschbaren Körperlichkeit begnügt.
Das eine ist so unmoralisch wie das andere, weil es den Körper von der Seele trennt und ihn beleidigt. Die Sexualität
unserer Zeit ist etwas sehr Einsames.

Ich will nicht behaupten, daß die Position einer Geliebten
von höherem moralischen Wert sei; ich versuche nur klar-
zulegen, warum und in welcher Weise eine Ehefrau eine Geliebte manchmal geradezu notwendig macht. Rechtmäßig-
keit allein ist billig. Den Geschlechtsakt nur auszuführen,
weil es so üblich ist, ist das Unmoralischste, was man tun
kann. Wenn ich die Jugend zu unterrichten hätte, dann würde ich ihr das beibringen. Eine gleichgültige Einstellung
dem Sex gegenüber, außer während seiner gelegentlichen
Ausführung, ist herabwürdigend. Der britische Physiktheo-
retiker Lancelot Whyte hat einmal gesagt, daß eine vom üb-
rigen Leben abgetrennte Sexualität sich gegen den Organismus, gegen den Menschen richtet, das Gefühl für ästheti-
sche Werte abstumpft und ihr eigenes erklärtes Ziel, die
sexuelle Harmonie, vernichtet.

Ein Tumult auf der Bühne ist noch keine dramatische Handlung. Viel eher ist es ein Versuch, über ihr Nichtvorhanden-

sein hinwegzutäuschen. Beim Schauspiel versteht man unter Handlung die Weiterentwicklung der Charaktere oder das Fortschreiten der Geschichte. Obwohl Handlung im Bühnensinne sich nicht immer von körperlicher Bewegung trennen läßt, ist es durchaus möglich, daß die Schauspieler völlig ruhig dasitzen und uns dennoch ein wahres Feuerwerk an dramatischer Handlung vorführen. So zeugt auch eine buchstabengetreue Einhaltung der Regeln nicht unbedingt von Moral, wie deren grobe Verletzung natürlich auch nicht. Moralisches Verhalten beginnt mit der Einhaltung von Regeln und wird zu Eigenverantwortlichkeit. Es entsteht aus dem allmählichen Zusammenwirken von unzähligen Kräften: Begehren, Selbstachtung, Loyalität, Mut, Angemessenheit, Gespür und noch vielem anderen. Moralisches Bewußtsein ist etwas für Erwachsene; Kinder brauchen Regeln, weil sie sonst wohl kaum mit der Vielschichtigkeit moralischer Entscheidungen zurechtkämen. Was der Erwachsene erkennen lernt, ist, daß jede moralische Entscheidung einmalig ist und nicht allein auf der Grundlage vorhergegangener Entscheidungen getroffen werden kann. Das Leben wird letztendlich jedes vorgefertigte Denkschema zunichte machen, und ein Erwachsener, der daran trotzdem krampfhaft festhält, geht sowohl der anstrengenden Arbeit des Denkens als auch seinem eigenen Reifen aus dem Weg.

Vor nicht allzu langer Zeit fragte mich ein sechzehnjähriges Mädchen unter Tränen, ob es denn zwei Arten von Moral gäbe; eine für Erwachsene und eine für junge Menschen. Ich antwortete: ›Ja, mehr oder weniger schon, das Recht auf Unmoral muß man sich erst verdienen.‹

Sie hatte eben erst erfahren, daß ihr heißgeliebter Vater seit zehn Jahren eine Geliebte hatte. ›Wollen Sie damit behaupten, daß das, was er getan hat, für Papi völlig in Ordnung ist?‹ fragte sie. ›Ich sage nur, daß es so sein kann‹, erwiderte ich. ›Ich kenne weder ihn noch die äußeren Umstände. Du solltest ihn nicht nach deinen Maßstäben, die sowohl für dich passend als für ihn überholt sein können, beurteilen.‹

›Aber ich hatte ihn doch so lieb. Ich – ich habe an ihn geglaubt.‹ – ›Ja, aber nun ist es für dich an der Zeit, deinen Vater auf einer etwas erwachseneren Ebene zu lieben‹, sagte ich. ›Moralisches Verhalten heißt nicht nur, etwas nicht zu tun, verstehst du? Würdest du ihn mehr lieben, wenn er sich gescheut hätte, dir davon zu erzählen, oder dich belogen hätte?‹

Sie sah mich an. ›Nein.‹

›Ich möchte dich noch etwas anderes fragen. Warum bist du

102

ausgerechnet zu mir gekommen? Es gibt bestimmt einige andere Frauen, die du viel besser kennst als mich.‹

›Ja, aber Sie – ich habe gehört, daß Sie sich mit solchen Sachen auskennen.‹

›Hat das denn in deinen Augen kein schlechtes Licht auf mich geworfen?‹

›Aber nein‹, rief sie aus. ›Ich dachte mir, daß Sie die einzige wären, die Verständnis dafür haben würde.‹

›Nun gut‹, sagte ich, ›wenn die Erfahrung mir ein gewisses Maß an Weisheit verleihen kann, könnte sie das nicht bei anderen auch? Bei deinem Vater, zum Beispiel?‹

Nach kurzem Zögern lächelte sie. ›Erwachsen werden ist ein ganz schön schweres Stück Arbeit.‹

Nicht alles, was glitzert, ist Sex. Es kann Stolz, Einsamkeit oder Herrschsucht, aber auch reines Vergnügen oder eine sexuelle Zuneigung sein, was zwar keine Liebe ist, aber auf eigene Art seine Berechtigung hat. Für eine Frau ist es sogar sehr gut, wenn sie einmal einen Mann kannte, der sie auf der sexuellen Ebene als Freundin betrachtete, denn so lernt sie den Unterschied kennen und stellt fest, daß der Sex viele verschiedene Schattierungen hat. Ich habe Ehefrauen ganz stolz sagen hören, die den Sex nie als Waffe benutzen: ›Ich habe noch nie meine Tür vor meinem Mann verschlossen.‹

Und ich habe mich innerlich gefragt, warum denn nicht? Ist ihnen denn nicht klar, daß auch die Eintönigkeit eine Waffe ist? Sind sie denn nichts anderes als Wetterfähnchen, die sich bei jedem Luftzug drehen? Bilden sie sich tatsächlich ein, daß es jemanden befriedigt, wenn man körperlich verfügbar ist? Eine Geliebte verschließt ihre Tür, wenn die Umstände es verlangen, und öffnet sie, weil ihr Herz geöffnet ist.

Sowohl der Purist als auch der Genußmensch ziehen die Sexualität, da sie sie als Selbstzweck betrachten, gleichermaßen in den Schmutz – und zwar in zweierlei Hinsicht: Sie entehren sie, legen ihr Fesseln an und hemmen sie. Auf der einen Seite wird das Vergnügen als Lust verdammt, während es auf der anderen Seite zum Hauptzweck erklärt wird, und damit haben beide Seiten ein bißchen recht und schrecklich unrecht. Beide machen den Sex schlecht, indem sie ihn aus dem Zusammenhang mit den anderen Wirklichkeiten dieser Erde reißen.

Nein, ich habe das alles bestimmt nicht gut vorgebracht. Wie auch all die anderen habe ich sowohl zuviel als auch zuwenig gesagt. Du wirst, wie jeder andere auch, die Sexualität für dich selbst definieren müssen. Denke immer daran, daß nur du allein dies tun kannst; es gibt davon Abermillionen Varianten, wie auch bei den Fingerabdrücken. Werde einer gerecht, welcher auch immer du willst, aber, um Himmels willen, werde ihr gerecht; versuche nicht, sie so hinzubiegen, daß sie dir gerecht wird.

Schein und Wirklichkeit

Matthew und ich standen außerhalb der gesellschaftlichen Konventionen und bis zu einem gewissen Grade auch außerhalb unserer eigenen Überzeugung, aber wir waren nicht lasterhaft. Es wuchsen uns keine Hörner und keine gespaltenen Zungen, und unsere Persönlichkeit blieb die gleiche wie zuvor, wir wurden nur immer mehr wir selbst. Dies ist einer der verblüffenden Aspekte einer Liebesbeziehung: Sie zwingt einem das Ja und Nein der Realität auf, und dabei hatte man gar nicht gewußt, daß man es noch nicht kannte. Alte Gedankenmuster haben ausgedient; es bleibt einem nichts anderes übrig als zu suchen, und, wie es in der Weissagung heißt, diejenigen, die suchen, werden oft auch finden. Eine Liebesaffäre besitzt hohen erzieherischen Wert, was allerdings selten gebührende Erwähnung findet. Matthew und ich unterzogen uns zu Beginn einer intensiven Selbstergründung, die hauptsächlich in der Abgeschiedenheit unserer eigenen Gedanken stattfand, aber ein paarmal haben wir unsere Notizen auch verglichen.

Er sagte einmal: ›Was wir da tun, ist falsch.‹

›Ich weiß‹, antwortete ich, fast etwas zu prompt, da ich es schon früher einmal gesagt hatte.

›Ja‹, pflichtete er mir bei. ›Ich habe etwas länger gebraucht, um das zu akzeptieren. Aber gleich welche Schwierigkeiten auch auftreten mögen, ich will sie auf mich nehmen, denn es ist nicht gesagt, daß die Alternative unbedingt richtig sein muß. Es kann sogar ein noch größerer Fehler sein, sich einem Teil des Lebens zu verweigern.‹

Dieser Ausdruck, ›ein Teil des Lebens‹, wurde für mich zu einer Art Linse, durch die ich unser Unterfangen in der richtigen Perspektive sah. Auf diese Weise betrachtet, bedurfte es weder der Rechtfertigung noch des Beifalls, sondern stand einfach für sich selbst.

Wir sprachen solche Dinge selten laut aus, bestimmt nicht öfter als drei- oder viermal im Laufe der Jahre. Nachdem in einer außergesetzlichen Beziehung mit Diskussionen und Analysen nichts zu klären ist, schadet es mehr als es nützt, sie zu zerpflücken. Dies trifft aber auf die eheliche Liebe genauso zu. Diskussion und Analyse stehen der Erfahrung fast immer nach, es sei denn, sie stellen eine Erfahrung in sich selbst dar, wie zum Beispiel im Unterricht.

Männer sind, glaube ich, romantischer veranlagt als Frauen,

108

zum Teil sicherlich, weil sie es sich aus biologischen Gründen eher leisten können. Auf jeden Fall waren sie es, die die Romantik erfunden haben, nicht die Frauen, und so geziemt es uns, darüber nur ganz leise zu sprechen. Die Liebe ist eine Art Kenntnis eines anderen, der man in gewisser Hinsicht selbst ist. Diese Kenntnis ist nie allumfassend, aber in ihrem Bereich doch ziemlich vollkommen. Sie kann unlogisch, unvernünftig, unverdient, unheilverheißend und ungebärdig sein und dennoch diese Vollkommenheit besitzen, dennoch Liebe sein. Liebe hat sich noch nie herbeireden lassen.

Eine unverheiratete Freundin von mir hegte den sehnlichen Wunsch, sich zu verheiraten, und, wie so oft, wenn etwas nicht zum eigentlich dafür bestimmten Zeitpunkt stattfindet, hatte sie völlig überzogene Vorstellungen von den Freuden der Ehe. Aus einer gewissen Verzweiflung heraus nahm sie zwar nicht den ersten, sondern den mehr oder weniger letzten Mann, der um sie anhielt. Die Verbindung paßte gar nicht zusammen, aber sie bemühte sich sieben Jahre lang, etwas daraus zu machen, was es einfach nicht war. Nach der unvermeidlichen Trennung sagte sie mit geradezu klassischer Schlichtheit zu mir: ›Das eine wenigstens habe ich gelernt, daß die Ehe etwas für Amateure ist.‹

Das ist zwar nicht die ganze Wahrheit, birgt aber so etwas wie eine schmerzliche Entdeckung. Damit meinte sie natürlich, daß alle Eheneulinge zwangsläufig Anfänger sein müssen, ein bißchen ungeschickt, mit zu viel Ernst bei der Sache, sich dessen, was noch auf sie zukommt, reichlich unbewußt und voll freudiger Gewißheit, einen glorreichen Höhepunkt statt einen gefahrvollen Ausgangspunkt erreicht zu haben. Ein mir bekannter Psychiater drückt sich wieder etwas anders aus: ›Man muß ziemlich leichtgläubig sein, um sich zu verlieben.‹ Auch das ist ein Teil der Wahrheit.

Amateure wollen vor allem, daß die Dinge nach bestimmten Regeln ablaufen. Der Hobbykoch mißt jeden Tropfen und jedes Körnchen ab, regt sich auf, wenn die Pfanne eineinhalb Zentimeter größer ist als im Rezept vorgeschrieben und verläßt sich blind auf die Gradanzeige des Backofens. Der Profi improvisiert bei Zutaten und Gerätschaft, hackt, anstatt zu raspeln, wenn ihm danach ist, ändert die Ofentemperatur ganz eigenmächtig, wenn ihm die hineingehaltene Hand sagt, daß sie falsch ist, und schert sich nicht um das, was im Buch steht. Da meine Freundin in anderen Bereichen ihres Lebens – in ihrer Arbeit, bei Freundschaften, in bezug auf Bildung und Freizeitbeschäftigung – auch kein Amateur war, fiel es ihr schwer, ihren Verstand in puncto

Gefühl auf eine Gangart herunterzuschrauben, die für einen Anfänger angemessen ist.

Man erzählt sich eine Anekdote über eine Frau, die nach einem Konzert auf den inzwischen verstorbenen Fritz Kreisler zustürmte und ausrief: ›Ach, Mister Kreisler, ich würde mein Leben dafür geben, so spielen zu können wie Sie!‹ Worauf der berühmte Geiger erwiderte: ›Ich habe es dafür gegeben.‹ Der wirkliche Profi setzt alles ein, sogar seine Existenz, und was er dafür bekommt, ist nichts Geringeres als sich selbst. Er entdeckt, wer er ist und woraus er gemacht ist, aber er wird etwas kennenlernen, was der Amateur nie erfährt. Es ist das uralte Gesetz, das Amateure so zur Verzweiflung bringt: der einzige Weg, sein Leben, seine Identität, sich selbst zu gewinnen ist der, es dranzugeben, es aufs Spiel zu setzen. In diesem Sinne ist eine Liebesbeziehung etwas für Profis.

Eine verheiratete Frau kann möglicherweise wunderbar damit zurechtkommen, nur die äußeren Bedingungen einer Beziehung zu erfüllen, den Schein zu wahren, für ein gepflegtes Heim zu sorgen, das gesellschaftliche Leben zu genießen. Dagegen ist auch nichts einzuwenden, denn diese Dinge sind ein Teil des Lebens und sogar der Ehe, daß sie davon getragen werden kann. Die Ehefrau aber, die nicht im

Amateurstatus steckenbleiben will, weiß diese Erscheinungsformen richtig einzuschätzen und verwechselt sie nicht mit Liebe. Für eine Geliebte jedoch existieren diese äußeren Formen, die ihr helfen könnten, nicht; entweder sie hat den inneren Bezug zur Wirklichkeit, oder sie hat gar nichts. Wie der Künstler in seinem Beruf ist auch sie auf sich allein gestellt, und wenn ihr das, was sie entdeckt, nicht gefällt, so hat sie zumindest ein Stück Wahrheit kennengelernt. Alles hat seinen Preis; worauf es ankommt, ist der Wert der Sache und ob man um den Preis feilschen will.

Es ist an der Zeit, einmal in aller Deutlichkeit zu sagen, daß die Ehe viel weniger das Ergebnis von Liebe, Sex oder Reife ist als vielmehr der Weg dorthin; für die meisten Menschen ist er heute sogar der naheliegendste. Die Ehe ist, nach Kindheit und Jugend, die nächste, logische Stufe der menschlichen Entwicklung, und das Paradoxe daran ist, daß die Kräfte, die man entwickelt hat, danach schreien, eingesetzt zu werden. Zu heiraten bedeutet, die Weiterentwicklung zu begünstigen, was wiederum eine weitere Entwicklung nach sich zieht und nach einem größeren Betätigungsfeld verlangt. Liebe gebiert Liebe, wie die Psychologen erkannt haben, und sie plädieren für ein liebevolles Zuhause für alle Kinder als ideale Grundlage, um dieses Verhaltensmuster zu nähren und fortbestehen zu lassen. Aber sie unterlassen es, ihre eigene Erkenntnis bis zum Ziel zu verfolgen: Ehe und Familie sind die natürliche Erweiterung der ursprünglichen Situation des Menschen; in diesem Zusammenhang betrachtet ist es nicht besonders wichtig, ob die Ehe glücklich oder unglücklich ist. Worauf es ankommt, ist, sie ist lehrreich; sie vervollständigt die eigene Entwicklung, im guten oder im schlechten Sinne. Und was kommt dann? Stürzt man sich etwa von einer Klippe oder zählt die Stunden für den Rest seiner Jahre? Bleibt einem dann nur noch die Wahl, die Ehe zu beenden oder in ein Koma der Zweckdienlichkeit zu fallen?

Es gibt eine Alternative, aber sie ist nicht so einfach. Die vielleicht größte Verpflichtung, die wir dem Leben gegenüber haben, ist, das über Bord zu werfen, dem wir entwachsen sind, auch wenn es zu seiner Zeit seine Gültigkeit hatte und für uns von großem Nutzen war, und es zu so viel gelebter Wirklichkeit zu bringen, wie einem jeden von uns irgend möglich ist. Der heilige Paulus hat gesagt: ›Wie ich ein Kind war, habe ich geredet wie ein Kind, ich habe gedacht wie ein Kind, ich war verständig wie ein Kind; aber wie ich ein Mann wurde, habe ich die kindlichen Dinge abgetan.‹ Dabei zu versagen bedeutet versagen, Punktum, und zu versagen ist das Bitterste, was einem im Leben passieren kann, *denn es ist unnötig.* Es liegt an jedem einzelnen selbst, dies zu ändern. Das Schlimmste ist, daß wir uns diesem Auftrag des Erwachsenseins, wir selbst zu werden, verweigern und uns damit begnügen, Karikaturen zu werden. Wenn wir in der Lage sind zu sagen: ›Ich habe mich geirrt‹, ›Ich sorge selbst dafür, daß ich mich freuen kann‹, ›Ich finde die Welt schön‹, und nicht ›Er hat mich schlecht behandelt‹, ›Keiner versteht mich‹, ›Sie haben mich im Stich gelassen‹, erst dann werden wir Erwachsene, Profis sein, fähig zu lieben und geliebt zu werden. Jeder Mann und jede Frau sind letztendlich aufgefordert, die kindlichen Dinge abzulegen; eines davon ist, sich Entscheidungen aus der Hand nehmen zu lassen.

Wenn die Ehe ihr Versprechen, die Persönlichkeit abzurunden, erfüllt hat, stellen die Leute oft fest, daß sie sich entweder entliebt haben oder überhaupt nie wirklich verliebt waren; oder daß sich die Ehe als Reinfall erwiesen oder ein Partner den anderen betrogen hat. Diese Vorwürfe mögen gerechtfertigt sein oder auch nicht. Aber worüber man sich wirklich Gedanken machen muß, ist, daß man jetzt an einem Punkt angelangt ist, an dem man nicht umhinkommt, sich zu überlegen, was man von nun an mit dem eigenen Selbst anfängt, aber nicht, wie man zu diesem Punkt gelangt ist. Einige Männer und einige Frauen finden die Antwort in ihrer Arbeit. Einige betätigen sich im echten oder im Pseudodienst an der Allgemeinheit. Einige stürzen sich in kurzlebige oder in dauerhafte Liebesaffären. Viele, wahrscheinlich die meisten, geben einfach auf.

Wenn nicht alles, was glitzert, Sex ist, so ist auch nicht alles, was aus dem vorgegebenen Rahmen fällt, vom Standpunkt der Moral aus, tadelnswert. Es kann das durchaus erwachsene Bedürfnis sein, an einer erwachsenen Welt teilzuhaben, sich Rahmenbedingungen lieber selbst zu schaffen, als sich vorgegebenen anzupassen; das heißt von Fremdbestimmung zu Autonomie zu gelangen, allein darum geht es im Leben. Eine derart umfassende Entwicklung kann sich durchaus innerhalb des Rahmens einer Ehe vollziehen, aber gewiß nicht, wenn dieser Rahmen an die Stelle der Entwicklung tritt. Ich bin kein Kartograph, der den Weg für irgendeine bestimmte Ehe vorzeichnen könnte; was vonnöten ist, ist ja gerade die Bereitschaft, ohne Karten auszukommen, oder, noch besser, seine eigenen zu zeichnen, Einfallsreichtum und Phantasie walten zu lassen und etwas zu wagen. Die Wirklichkeit liegt immer jenseits des Verlustes überkommener Lebensformen, und zwischen dem Auftauchen aus dem Alten und dem Eintauchen in das Neue erstreckt sich eine unberührte Wüste, die viele Leute erschreckt und davon abhält, es ihrerseits zu versuchen. Angst zu haben ist vernünftig; es handelt sich um gefährliches Terrain. Nicht vernünftig allerdings ist, sich einzubilden, daß dadurch, indem man die Augen schließt, die Wüste verschwindet.

Die Liebe ist *die* schöpferische Kraft, die, mehr oder weniger, jedem zur Verfügung steht, die eine Chance, die allen gegeben ist, nach seinem oder ihrem jeweiligen Vermögen ein Künstler zu sein, was immer man sonst noch für Begabungen hat. Wie jeder Denker, Künstler oder Mathematiker weiß, basiert alles schöpferische Unterfangen auf drei grundlegenden Bedingungen: (1) es entsteht aus der Asymmetrie und der Unordnung; (2) es erfordert Professionalität; (3) es erlegt einem Grenzen auf. Bei einer Liebesaffäre treten diese Bedingungen, mehr oder weniger, von Anfang an zutage, eine Ehe aber muß sie sich selbst schaffen, wenn sie sich die Liebe als wichtigen Hausgenossen erhalten will. Man kann allerdings auch ohne Liebe eine absolut funktionierende Ehe aufbauen, und man muß dies auch als legitime Form anerkennen und gelten lassen. Eine Liebesaffäre ohne Liebe ist ein Widerspruch in sich und daher nicht möglich; sie löst sich einfach in Luft auf. Eine Geliebte verfügt nur über begrenzte Zeit, begrenzten Raum und begrenzte Vor-

116

rechte, aber sie lernt erkennen, daß Grenzen nicht von Nachteil sind. Sie sind, ganz im Gegenteil, ein unverzichtbarer Bestandteil schöpferischen Planens. Ein Gemälde hat einen Rand, Musik hat einen gegliederten Aufbau und ein Ende. Wie das Leben auch. Ein Lebewesen zu sein heißt, in gewissen Grenzen zu leben. Wir wären schwammig und abstoßend ohne unsere Haut, die anzeigt, wo wir aufhören und der Rest der Welt anfängt. Verstand und Herz brauchen eine Haut, eine Abgrenzung, damit sie nicht vage und ungestalt wirken. In einer Hinsicht ist die Ehe ihr eigener Gegner; gerade ihre Unabgegrenztheit und ihr totalitärer Anspruch ist es, der ihr kreatives Potential ertränkt, es sei denn, man lernt begreifen, was Kreativität ist, und unterwirft sich deren strukturierten Anforderungen.

Matthew überraschte mich einmal mit der Aussage: ›Wir müssen sehen, daß wir uns von dieser Dringlichkeit frei machen. Wir werden nie wirklich wissen, was zwischen uns ist, wenn wir uns nicht von dieser Dramatik befreien.‹
Ich lachte ihn an. ›Jetzt bist du es aber, der die Hausarbeit macht.‹ Er zog ein Gesicht, und ich erklärte ihm: ›Schau, wir vertrauen einander, weil wir vertrauenswürdige Menschen sind, aber jedesmal, wenn wir uns treffen, tun wir das auf

Grund einer neuen Entscheidung, und das ist gut so. Wenn die Zeit es uns erlaubt, werden wir auch einige Gewohnheiten entwickeln, so sind die Menschen eben, aber wenn alles nur noch Gewohnheit ist, ohne Dringlichkeit und Dramatik, dann werde ich dich verlassen. Dramatik bedeutet doch nichts anderes als Sinn, weißt du, sie sorgt dafür, daß man sich über allerhand Ungereimtheiten ins klare kommt.‹

›Ja‹, sagte er, ›ich verstehe. Damit bin ich einverstanden.‹

Es ist nicht so leicht, ein gutes Stück zu schreiben, aber es ist immer noch leichter, eines zu schreiben, als eines zu sein. Das aber ist es, was wir alle versuchen, und dafür gibt es auch einen guten Grund. Das Verlangen des Menschen nach Kunst, von den stummen Höhlenmalereien der Altsteinzeit bis hin zu Sophokles und Shakespeare, ist eng mit der Erkenntnis, daß wir uns von anderen Kreaturen unterscheiden, verknüpft. Äußere Form und innerer Aufbau, Selektion und Integration sind keine Spielerei, sondern Notwendigkeit, und die Bühne, die uns allen zur Verfügung steht, ist unser eigenes Leben. Einer der Maßstäbe für ein gutes Stück, für einen schlüssigen Handlungsablauf, ist ein zur Gänze vollzogener Wandel – nicht irreführenderweise zu einem hübschen Paket verschnürt und auch ohne

118

Happyend, sondern ein Aufarbeiten oder Auflösen dieser bestimmten Ereignisse nach ihrer Bedeutung oder Ursache. Die Dramatik in einer Liebesaffäre bedeutet nicht nur Unterhaltung und Schattenspiel; sie ermöglicht uns Augenblicke, in denen man sich als vollständiges Ganzes fühlt, und führt zu der Einsicht, daß absolute und endgültige Lösungen im Leben genauso unwahr sind wie in der Literatur.

In einem schnellebigen und allzu lockeren Zeitalter, in dem es keine festen Vorstellungen über die richtige Art zu leben gibt, stellt sich die ganze Problematik von äußerer Form und gelebter Wirklichkeit als schwierig, sehr persönlich und verworren dar und durchdringt jede Ebene unseres Seins. Bei Physikern und Biologen existiert eine Lehrmeinung, die besagt, daß die äußere Form tot ist. Einer dieser Wissenschaftler hat mir erklärt, daß alles, was man von einem anderen menschlichen Wesen zu sehen bekommt, bereits tot und im Begriffe ist, abgestoßen zu werden – die Haare, die Haut, die gesamte äußere Schicht. Dieser Auffassung nach ist das Leben ein Streben nach Vollendung einer Form oder, wenn man so will, nach Perfektion, jedoch kommt es in dem Moment, in dem man sie erreicht hat, zum Stillstand. Um sich selbst zu erhalten, muß also das Prinzip oder die Realität des Lebens ihre Erscheinungsform zerstören und von neuem beginnen. Dies könnte sogar das, was wir in unserer Angst und Unwissenheit für unseren Erzfeind halten, den Tod nämlich, erklären. Der Tod ist vielleicht nur die Auflösung der äußeren Form und bedeutet somit die Wiederherstellung jener Asymmetrie, die notwendig ist, um die Kreativität, die wir als Leben kennen, weiterhin zu ermöglichen.

Die Gewohnheit selbst ist nichts Schlechtes. Sie trägt oft dazu bei, die Kräfte, die am Werke sind, zu formen, indem sie sie in Kanäle leitet, in denen sie sich sammeln können. Daher kommt es auch, daß sich das Prinzip der Vernunftehe über Jahrhunderte hinweg bewährt hat: Sie hat einer Vielzahl unausgegorener Vorstellungen von Realität, die Liebe eingeschlossen, Gestalt gegeben. Es hieß: Zuerst wird aus Gründen der Vernunft geheiratet, dann stellt sich die Liebe vielleicht von selbst ein, und oft war es auch so. Die Annahme jedoch, daß die Realität oder die Kraft automatisch dadurch entsteht, daß man sich die Form überstülpt oder daß sie in ihr enthalten ist, ist tödlich.

Vor vielen Jahren, als ich, anfänglich ganz gegen meinen Willen, geschieden wurde, klagte ich einem Freund, einem sehr viel älteren Mann: ›Ich war eine gute Ehefrau!‹, und er antwortete: ›Meine Liebe, so etwas gibt es nicht. Es gibt nur die richtige Ehefrau für den jeweiligen Mann.‹ Das gab mir zu denken und war, eigenartigerweise, auch wieder ein Trost für mich. Es verhalf mir zu der Einsicht, daß es nicht das gleiche war, den abstrakten Begriff – gute Ehefrau – ausfüllen zu wollen, wie sich um eine echte Beziehung zu bemühen, die aus wirklich vorhandenen Stärken erwächst. Zum ersten Mal wurde mir klar, daß die Gründe für meine gescheiterte Ehe zum Teil bei mir lagen. Aber es bedurfte noch einer lange andauernden Liebesbeziehung, um mir zu verdeutlichen, was mein Freund meinte.

Die Gesellschaft hat festumrissene Vorstellungen von dem, was eine gute Ehefrau ausmacht, aber was eine gute Geliebte ist, ist nur die Sache eines Mannes allein. Eine Beziehung besitzt die Freiheit, ihre eigenen Begriffsbestimmungen und Regeln machen zu können – und das tut sie auch, denn die Menschen leben nicht gern ohne einen Kodex; sogar die Unterwelt besitzt einen, noch dazu einen strengen. Aber wohingegen, zum Beispiel, ein Ehemann fast gezwungen ist, gut für seine Familie zu sorgen, und seine Ehefrau sein Geld gut zu verwalten hat, ist es einzig und allein seine Sache, wenn eine Geliebte sein Geld zum Fenster hinauswirft. Die Gesellschaft mag ihn zwar für einen Trottel halten, aber sie will davon nichts wissen, und das ist für die beiden Betroffenen sehr angenehm. Die Handhabung der Finanzen bei einem Liebespaar beginnt und endet bei ihm allein; sie muß in keiner Weise auf irgendein anderes Paar passen oder sich danach ausrichten. Dieses Freisein von Schuldgefühlen trifft auch auf fast alle anderen Bereiche zu – sein Liebesleben, die Treue, der Urlaub, das Benehmen, die Zerstreuungen, Pflichten und Freunde. Bei einer Ehe erklärt sich die Gesellschaft zum dritten und bei weitem nicht stillen Teilhaber; in eine Liaison, ob sie sie nun verurteilt oder ignoriert, steckt sie ihre Nase wenigstens nicht. Folglich sieht sich eine Geliebte auch nicht gezwungen, sich damit abzumühen, eine ›gute‹ Geliebte zu sein, es ist von vornherein klar, daß es so etwas nicht gibt. Sie ist sie selbst, und das genügt, oder es genügt nicht.

Was der Ehe fehlt, ist ein gerüttelt Maß dieser ›Zum-Teufel-mit-der-Öffentlichkeit‹-Einstellung. Nur allzu leicht kann es geschehen, daß eine Ehefrau zu beweisen versucht, daß das System richtig ist, und sich diesem anpaßt, anstatt den Herzen innerhalb dieses Rahmens, dem ihren und dem ihres Ehemannes, die Treue zu halten. Kurzum, sie bleibt bei dem Versuch, der äußeren Form Genüge zu leisten, stecken und verliert das wirkliche Leben aus den Augen. Vergnügen, das aus heiterem Himmel kommt, ohne daß man lange über etwaige Folgen nachdenkt, gehört zu den einer Liebesaffäre eigenen Ingredienzen. Natürlich kann es in einer auf das Gemeinwohl ausgerichteten Welt keine perfekte Spontaneität geben, aber genausowenig können die Folgen ein Ersatz für das Vergnügen sein, noch können sie es verursachen. Die Freude am Augenblick, am Unerwarteten, fehlt traurigerweise im Leben vieler, dabei besteht ein Verlangen danach, vor allem bei den Männern.

Ein Mann erzählte mir folgendes: ›Ich habe mich in meine Frau verliebt, weil es ihr nichts ausmachte, wenn sie bei einem Regenguß völlig durchnäßt wurde, weil sie Sommersprossen auf der Nase hatte und ganz verrückt nach Maisbrötchen war. Sie aber hat mich geliebt, weil ich nett zu meiner Mutter und meiner Schwester war und meine Rechnungen bezahlt habe.‹

Alles ist möglich, wenn die Menschen es möglich machen und nicht umgekehrt. Die Ehe hat nichts mit Dialektik zu tun; Männer und Frauen haben sich auch in noch so unmöglichen Gesellschaftssystemen geliebt, wie Diktatoren manchmal zu ihrem Mißvergnügen feststellen müssen. Die Liebe existiert, ihrer Natur gemäß, immer trotz irgendwelcher Systeme, wie gut sie auch sein mögen, und nicht derentwegen. Eine der irrigsten Vorstellungen der Menschheit ist die, daß es irgendwo ein Verfahren geben muß, das einem Liebe, schöpferische Leistung oder das Heil garantiert. Dem ist absolut nicht so, und wir müssen wieder und wieder erkennen, daß die eigene Erfahrung einem Patentrezept, einem Verfahren oder einer Technik fast immer überlegen ist. Er liegt vor uns, der schwankende Balken, und keiner kann an unserer Statt auf ihm gehen. Sich auf ihn hinauszuwagen, ist gefährlich, aber immer noch besser, als sich daran aufzuhängen.

Ich beschwöre dich, vertraue deinem Instinkt. Man bezahlt einen entsetzlich hohen Preis für ein System, eine Autorität oder für Vorschriften, die einem ständig sagen, was man tun und, was noch schlimmer ist, was man denken soll. Der Verlust der Einsicht und des Durchblicks ist der schlimmste aller Verluste. Bei jeder Entscheidung, die deine Ehe betrifft, ist die wichtigste Frage: Was willst *du?* Das klingt für westliche Ohren zwar umstürzlerisch, ist aber nichtsdestotrotz von grundlegender Wichtigkeit. Alle anderen Fragen – die Kinder, das Geld, das Heim, die Familien, die Arbeit, die Freunde, das Überleben betreffend – sind, obwohl berechtigt, dennoch zweitrangig; das heißt, daß es diese Fragen ohne die Ehe gar nicht gäbe oder daß sie sich dann völlig anders stellten. Die Antworten darauf werden nur dann auf Dauer zufriedenstellend ausfallen, wenn man sich zuvor mit den zugrundeliegenden persönlichen Bedürfnissen auseinandergesetzt hat. Wenn es einem nicht gelingt, herauszufinden, was man gern möchte, tastet man, ohne eigentlich zu wissen warum, in einem Nebel von Unzufriedenheit herum und geht immer auf das Falsche los. Ich will damit nicht sagen, daß die Wünsche einer Ehefrau das einzig Maßgebende und immer richtig oder erfüllbar sind. Ich behaupte aber, daß sie, solange sie nicht erkennt, was sie will, und nicht bereit ist, sich dem auch tatsächlich zu stellen, versucht, von Nirgendwo nach Irgendwo zu kommen. Etwas zu wollen ist nicht verderbt, sondern menschlich; und seine Menschlichkeit in der Erwartung zu verleugnen, dafür auch noch bewundert und geschätzt zu werden, ist zumindest unlogisch. Selbstaufopferung kann manchmal auch nur eine Flucht vor der Verantwortung sein.

Für eine Geliebte ist das bereits gerodetes Terrain. Sie hat es nicht nötig, das Gestrüpp aus unbesehen übernommenen Lebensformen auszulichten; sie hat sich von solchen Formen schon lange losgesagt. Sie fragt sich nie: ›Was wollen wohl andere Geliebte?‹, oder: ›Was dürfte ich, den gesellschaftlichen Regeln nach, wollen?‹ Den gesellschaftlichen

Regeln nach dürfte sie gar nicht vorhanden sein, also ist diese Frage völlig überflüssig. Besser ist, sie ergründet genau, was sie will. Vielleicht stellt sie fest, daß es etwas Unmögliches ist; vielleicht verzichtet sie aus niederen oder edlen Gründen; vielleicht erhebt sie aber auch Anspruch darauf und zahlt, wenn es soweit ist, die Zeche. Aber ihre Entscheidung basiert zumindest auf einem gewissen Maß an gelebter Wirklichkeit und nicht auf äußeren Formen, die schnell zu bloßen guten Formen, Manieren und Sitten werden.

Obwohl eine Geliebte ständig den Konventionen zuwiderhandelt, ist sie in die übergeordneten Abläufe des Lebens viel stärker eingebunden als die Durchschnittsehefrau. Sie ist nicht, wie eine Ehefrau, körperlich, geistig oder seelisch isoliert und derart in die Enge getrieben, daß sie die Wichtigkeit ihrer Person verteidigen muß. Eine Geliebte ist oft auch eine sehr gute Freundin, aber sie versucht nie, gleichzeitig ein Kumpel oder ein Ersatz für männliche Freunde zu sein. Es ist einfach nicht die gleiche Kategorie von Beziehung, und sie erkennt und verteidigt das Recht der anderen Kategorien auf ihr Vorhandensein – zum Teil deshalb, weil sie selbst sich auch in anderen bewegt und sie braucht. Sie ähnelt möglicherweise in ihren Charakterzügen eher einem Mann als einer Ehefrau.

Es gibt Örtlichkeiten, an denen eine Frau – egal ob Ehefrau oder Geliebte – einfach fehl am Platz ist, und dies tut weder ihrem Selbstvertrauen Abbruch, noch fühlt sie sich dadurch beleidigt. Sie selbst hat auch private Bereiche, in die ein Mann nicht eindringen darf. Wie jeder andere Mensch auch, bezieht eine Geliebte einen Teil ihrer Selbsteinschätzung aus der Wirkung, die sie auf andere hat. Aber es ist nicht nur dieser Eindruck, der sie ausmacht, und daher sind ihr Falschheit und List weder Hilfe noch Anreiz. Sie sagt nicht, in der Hoffnung, daß man ihr widerspricht, Dinge wie: ›Du liebst mich nicht‹, ›Diese Frau ist hübscher als ich‹, ›Du brauchst mir kein Geburtstagsgeschenk zu kaufen‹.

Einmal sagte ich zu Matthew: ›Ich bin eine schlechte Frau.‹ Ich wollte mich etwas über mich selbst lustig machen, aber seine Erwiderung überraschte mich.

›Ich weiß‹, sagte er. ›Und das ist wunderschön so.‹ Ich begriff schlagartig, daß eine bestimmte Aufrichtigkeit in Gedanken und Worten äußerst wichtig dafür ist, daß die Liebe auch Liebe bleibt. Der ständige Versuch, einer Situation den Beweis abzuringen, daß sie existiert und wertvoll ist, bewirkt nur das Gegenteil. Sie hört auf, eine Beziehung, ein Sichnahekommen zu sein, und wird zu etwas x-Beliebigem, zu einer Forderung nach Sicherheit, zu Faulheit, Starrköpfigkeit, Herrschsucht, zu allem möglichen. Niemand ist so in-sich-ruhend und sich-selbst-genügend, daß er ohne Aner-kennung auskommt, aber seelische Erpressung tut der Liebe nur Gewalt an und stillt dieses andere Bedürfnis nicht. Noch nie haben irgendwelche Machenschaften auch nur im ge-ringsten zu einer echten Erwiderung, dem, wonach sich ein Herz vernünftigerweise sehnt, geführt.

Eine Geliebte, der ihre Lebenssituation gefällt und die sie auch so weiterführen möchte, deutet in die Worte eines Mannes kein Jota mehr hinein, als diese objektiv aussagen, und mutmaßt nicht, daß das, was ausgesprochen wurde, nicht das sei, was gemeint war. Ein Versprechen, morgen zu kommen, wenn es geht, ist kein heiliger Eid, und sie ist sich dessen durchaus bewußt. Bei Gericht wird ein Fall ja auch genau nach dem beurteilt, was eindeutig feststellbar ist, Be-weggründe zählen nur, wenn es dafür handfeste Beweise gibt; andernfalls würde man sich hoffnungslos in einem Netz von Vermutungen verstricken, und es wäre keine ge-rechte Rechtsprechung mehr möglich. So würde auch eine Liebesbeziehung sehr schnell an ihrer eigenen Last zugrun-de gehen, wenn sie nicht von der Voraussetzung fairer Be-dingungen ausginge. Dies verleiht ihr erfrischend viel Rea-

128

litätsbezogenheit, und es würde auch einer Ehe guttun, sich diese zu eigen zu machen. Wenn ich mir so einige Ehen anschaue, frage ich mich, was die Ehefrauen wohl wollen: Liebe oder Sieg?

Ich war einmal jung, jetzt bin ich alt; ich war Ehefrau, Mutter und Geliebte. Aus der Sicht meines hohen Alters betrachtet, drängt sich mir der Schluß auf, daß viele Menschen die Liebe gar nicht wollen und die Ehe, wie unwahrscheinlich dies auch klingen mag, als Bollwerk gegen sie benutzen. O ja, sie tun natürlich alle so, als ob, aber in Wirklichkeit wollen sie nur in Ruhe gelassen werden. In irgendeinem fast verschütteten Winkel ihres Gedächtnisses ist ihnen bewußt, daß starke Gefühle ihnen einen Preis abverlangen, der sie, bei dem Gedanken, ihn aus ihren spärlichen Mitteln bezahlen zu müssen, in Angst und Schrecken versetzt – den Preis der Anstrengung, des Mutes und der Aufmerksamkeit. Viel lieber lesen sie etwas über eine große Liebe oder sehen sie sich auf dem Bildschirm an, als daß sie daran teilhaben wollen.

Nur ein Kleingeist fürchtet sich davor, überwältigt zu werden, während die größere Persönlichkeit danach verlangt, und nur eine kleinkrämerische Seele hat Angst davor, daß ihr mühsam zusammengezimmertes Gehäuse von den Stürmen des Lebens hinweggefegt wird. Der Kühne brüllt in den Schlund des Orkans, froh darüber, in eine sinnvolle Form geschmiedet zu werden, auf daß er erkennen lernt, woraus er gemacht ist. Die Übervorsichtigen engen sich selbst mit Sitten und Gebräuchen, Vorausplanungen und mit Zerstreuungen aus zweiter Hand ein und wenden sich an Experten, um sich bestätigen zu lassen, daß das, was sie tun, auch tatsächlich Leben ist. Aber das Leben ist ein viel tiefgründigerer Vorgang, voll hochbrisanter Strömungen, Widersprüchlichkeit, Wahrheit und Wandlung und einer Bereitschaft zu Tränen und dem Gefühl der Vergänglichkeit. Gib nicht vor, nach Liebe zu suchen, wenn es in Wirklichkeit doch nur Sicherheit ist, was du willst; so wie das Kätzchen, das sich an Mutters Schwanz heranpirscht, wohl wissend, daß es ein paar hinter die Ohren bekommt, aber auch, daß es hinterher geputzt, gewärmt und gefüttert wird.

Es ist nicht die Schuld einer jungen Ehefrau, wenn sie die geistige und körperliche Haushaltsführung mit Liebe verwechselt. Ihr wird ja auch ständig vorgehalten, daß der Erfolg oder Mißerfolg ihrer Ehe nahezu allein ihre Sache ist. Die Sache einer Geliebten ist er ganz bestimmt nicht. Ihre wache Aufmerksamkeit gilt zwar auch dem Zustand ihrer

Beziehung, aber nicht ausschließlich, und ihre Sache ist seit eh und je ihre eigene Persönlichkeit.

Wenn ein Mann daran interessiert ist, mit dieser Persönlichkeit eine Beziehung zu unterhalten, so muß auch er einen entsprechenden Beitrag dazu leisten. In Dantes Gedicht kommt das Paar, das sich ganz und gar nur in seine Liebe vertieft, in die Hölle, nicht nur der Mann. Wenn sich die Liebe nur noch um sich selbst kümmert und versucht, allein aus ihrer eigenen Natur, ohne äußere Einflüsse, zu leben, dann ist die Folge davon Schizophrenie, die Zerstörung der Persönlichkeit, sowohl bei der Frau als auch beim Mann.

Eine Geliebte muß Intelligenz besitzen und sie pflegen. Das gleiche gilt für eine Ehefrau, und sie sollte ihre Ohren vor denen verschließen, die sie dazu drängen, sie zu vernachlässigen. Nicht weil die Begeisterung schwindet und die Menschen altern, auch nicht wegen ›Liebe allein genügt nicht‹, dem Slogan aus vergangenen Tagen, den wir für so ungeheuer aufgeklärt hielten. Liebe allein genügt durchaus, wenn es sich wirklich um Liebe handelt und nicht um irgendeine zu junge und unverständige Vorstufe, wie sie es am Anfang natürlich unweigerlich sein muß. Wie sonst sollte man lernen? Die Intelligenz ist auch nicht die letzte Rettung, um einen Ehemann zu ›halten‹, ebensowenig wie sie ein ausgetüfteltes

Spielzeug ist, um ein Kind zu unterhalten. Wenn es nötig ist, ihn festzuhalten, laß ihn gehen. Was danach kommt, wird zumindest interessant sein, und Interesse ist allemal besser als tägliche Langeweile – natürlich nur, wenn das, was man wirklich will, nicht nur in Ruhe gelassen zu werden ist, und dann ist es kindisch, sich darüber zu beklagen, daß dieser Wunsch in Erfüllung gegangen ist.

Intellektueller Bankrott ist auch nicht attraktiver als irgendeine andere Art von Armut. Intelligenz ist in erster Linie für einen selbst wichtig, danach auch dafür, daß die Liebe in ihr entstehen kann. Jeder Mann, den nur das Äußere und der jugendliche Charme anziehen, wird letztendlich nicht Manns genug sein für die Frau, zu der du dich entwickelt haben wirst, falls du dies wirklich willst. So einfach ist das. Liebe bedeutet weit mehr als nur Sexual- und Familienleben, eine Menschengruppe, ein wirtschaftliches Getriebe, wie hervorragend auch immer die Ehe in dieses Konzept paßt. Die Liebe umfaßt eine Fülle von Gemeinsamkeiten, wo sich Verstand, Körper und Geist begegnen und wieder trennen, um sich erneut in anderen Größenordnungen und Formationen wieder zu vereinen. Es ist so sachlich und einfach wie zwei und zwei zusammenzuzählen und so weitreichend und komplex wie die Milchstraße.

132

Wenn ich Matthew so dargestellt habe, als sei er anderen Männern überlegen, so rührt das nicht daher, daß er es auch war, sondern daher, daß ich ihn geliebt habe. Die Liebe beschäftigt sich nicht mit Vergleichen, um zu beweisen, daß ein Mensch besser als der andere ist, aber sie ist auch nicht blind. Ganz im Gegenteil, sie bedeutet klarste Erkenntnis, und was sie erkennt, ist, daß das lebendige menschliche Wesen einzigartig und wundervoll ist. All die täglichen Abläufe wie: sehen, hören, gehen, denken, sprechen und aufwachen werden als wunderschön empfunden, und diese Schönheit ist zugleich ihre innere Wahrheit. Zu lieben heißt zu erkennen, daß das Leben lebenswert ist, und diejenigen, die lieben, entdecken in sich selbst einen entsprechenden Wert, der sich nicht verleugnen läßt.

Es ist gewiß sinnvoll und vielleicht sogar wichtig anzumerken, daß die Anrede Mrs. eine Abkürzung von Mistress – Geliebte – ist. Beide Bezeichnungen sind, wie aus der Geschichte hervorgeht, höfliche Formen der Anrede. Sogar das Wort wife – Weib – wurde als solche verwendet. Es war früher völlig korrekt, eine ehrbare Frau mit ›wife‹ oder ›goodwife‹ anzureden und damit einer gewissen Würde Rechnung zu tragen, so wie die Franzosen ja auch zu allen Frauen, ab einem gewissen Alter, ›madame‹ sagen, ohne deren tatsächlichen Familienstand zu berücksichtigen. In der Bibel ist die Rede von ›einem verheirateten Weib‹, so als ob es auch unverheiratete Weiber gäbe, was allerdings in allen Jahrhunderten tatsächlich der Fall war, wie die schlauen Propheten auch damals schon wußten.

In der elisabethanischen Zeit war eine Mistress entweder eine verheiratete Frau oder eine Frau, die sich im Gemeindeleben eine Position als Wirtin oder Bäckerin oder Hebamme geschaffen hatte. Mistress bedeutete Herrin, Frau, die etwas beherrschte, einen Haushalt, einen Bauernhof, einen Laden, ein Handwerk. Es ist aufschlußreich und beunruhigend zugleich, daß die Ehefrauen die Bezeichnung *mistress* kampflos jenen Frauen überlassen haben, die nur über eine Art von Macht verfügen – zumindest demnach, was die Ehefrauen sich so vorstellen. In Wirklichkeit verfügen sie aber über etliches mehr.

Eine Frau, die ohne Billigung des Gesetzes lebt, kann als Amateurin nicht überleben. Sie muß die Beherrschung vieler Künste erlernen, und nur sie allein bestimmt, wann und wem sie nachgibt. Wenn sie sich in etwas schickt, dann ist das ein Akt des Willens, kein Ritual. Kein Mensch auf der Welt hat es je zur vollständigen Herrschaft über sein Selbst gebracht, eine Geliebte jedoch muß es wohl oder übel versuchen, und sie hat auch den nötigen Spielraum dazu zur Verfügung. ›Sie gehet mit Wolle und Flachs um und arbeitet gerne mit ihren Händen. Sie denkt nach einem Acker und kauft ihn; sie pflanzt einen Weinberg von den Früchten ihrer Hände. Sie merkt, wie ihr Handel Frommen bringt; ihre Leuchte verlöscht des Nachts nicht. Sie breitet ihre Hände aus zu den Armen, und reicht ihre Hand dem Dürftigen. Sie fürchtet ihres Hauses nicht vor dem Schnee, denn ihr ganzes Haus hat zwiefache Kleider. Sie macht ihrer selbst Decken, weiße Seide und Purpur ist ihr Kleid. Sie thut ihren Mund auf mit Weisheit, und auf ihrer Zunge ist holdselige Lehre.‹ Das ist ihr Ziel und ihr Maßstab.

Eine verheiratete Frau, die ich zwar seit langem, aber nicht sehr gut kannte, spielte einmal indirekt auf meinen Status als Geliebte an. Vor kurzem, an einem regnerischen Nachmittag, sagte sie zu mir: ›Jedesmal, wenn ich Ihnen im Laufe der Jahre begegnet bin, dachte ich mir: Wenn es Gott so gewollt hätte, ginge ich dort an Ihrer Stelle!‹ Für eine Ehefrau war dies eine höchst erstaunliche Äußerung. Wäre ich in der Lage gewesen, so etwas zu jemandem wie mir zu sagen, wenn ich eine angetraute Ehefrau gewesen wäre? Wir tauschten einen Blick als Frauen aus, und mir war klar, daß das, was Ehefrauen und Geliebte lernen, wenn sie überhaupt etwas dazulernen, so ziemlich das gleiche ist. Wir beschreiten verschiedene Wege, aber gelangen zum gleichen Ziel. Ihre Liebenswürdigkeit und ihre Herzensgröße sind ein Grund dafür, daß ich all dies niedergeschrieben habe. Wenn man jung und eine frischgebackene Ehefrau ist, vergißt man nur zu leicht, daß es in erster Linie darum geht, Frau zu sein. Matthew ist tot. Was bleibt, sind Licht und Schatten des gelebten Lebens.

136

Danksagung

*A*ls ich der Frau begegnete, über die ich hier geschrieben habe, war mir, als begegnete ich mir selbst (denn auch ich bin eine Frau, trotz meines irreführenden Namens); einem Selbst, das ich mir vorgestellt, gefühlt und nach dem ich gesucht hatte. Ich wußte von ihr nur, daß sie mutig war, so wie ich es gern gewesen wäre und noch sein würde; daß sie etwas zugleich Geheimes wie auch Offenkundiges wußte und daß sie durch und durch echt war. Ich fragte sie, etwas linkisch, ob ich sie interviewen dürfte, worüber, das wußte ich allerdings nicht so recht. Ich hatte einfach das Gefühl, daß ich unbedingt hören mußte, was die Frau zu sagen hatte. Sie willigte ein, war aber etwas mißtrauisch. Wir verließen das gesellschaftliche Ereignis, bei dem sich unsere Wege gekreuzt hatten, und sie nahm mich mit zu sich nach Hause. In ihrem Wohnzimmer hingen fünf berühmte Gemälde, die mich zutiefst beeindruckten – optisch, geistig und seelisch. Minutenlang betrachtete ich sie schweigend, jegliches Bedürfnis zu sprechen war vergessen. Als ich mich schließlich von ihnen abwandte und aufs Sofa setzte, war mir, als hätte mich eine unsichtbare Hand dort hingeführt. Sie lächelte, als sie dessen gewahr wurde – und das Buch hatte begonnen.

Erst sehr viel später verstand ich, warum.

Über die Autorin

Michael Drury wuchs im Norden von San Francisco auf. Nach dem Universitätsabschluß ging sie zu *Harper's* und *Life* und schrieb außerdem Essays, Artikel und Gedichte für andere Publikationen. Sie lebt in Rhode Island.

Inhalt